無職轉生
到了異世界就拿出真本事
17
Rifujin na Magonote
理不尽な孫の手
Kadokawa Fantastic Novels

希露菲葉特
魯迪烏斯
愛麗兒
人物介紹

列妲
朵莉絲
奧貝爾

「希露菲，難道妳不覺得奇怪嗎？」
「奇怪的人是你吧！你以為自己的劍架在誰身上啊！」

無職轉生 17

到了異世界就拿出真本事

理不尽な孫の手
Rifujin na Magonote
插畫：シロタカ

Kadokawa Fantastic Novels

無職轉生～到了異世界就拿出真本事～⑰

CONTENTS

第十七章 青年期 阿斯拉王國篇（後）

「行動、言語以及金錢，有各式各樣的事物會破壞信賴。」

The will which isn't broken maintains trust.

著：魯迪烏斯・格雷拉特

譯：金恩・RF・馬格特

第十七章 青年期 阿斯拉王國篇（後）

第一話「前往阿斯拉王國」

我們踏上旅程前往阿斯拉王國。

假如是一般移動方式，這趟旅程需要花上幾個月時間，但我們此行會使用轉移魔法陣。

我們首先搭馬車前往空中要塞，接著坐在馬車上使用轉移魔法陣，轉移至赤龍上顎的北部，再直接以陸路南下。

「好厲害！好壯觀喔！魯迪烏斯！你看！城鎮就像豆子一樣！」

移動到空中要塞後，艾莉絲發出了喝采。

她跳下馬車，一會兒俯瞰空中，一會兒又仰望城堡發出讚嘆之聲。

完全不像是個二十歲女性的雀躍模樣，讓我們也不得不露出苦笑。

實在是很溫馨的畫面。

而且，也有人對艾莉絲表現的態度感到十分高興。

就是在魔法陣前方待機的希爾瓦莉爾。

即使透過面具，也可以感受到她看到艾莉絲雀躍的模樣後驕傲的表情。

「從空中要塞 Chaos Breaker 眺望的風景，還讓妳滿意嗎？」

「太棒了！我第一次看到這種風景！」

希爾瓦莉爾看到艾莉絲天真無邪的笑容，更是提高了對她的好感度。

這證明對人類來說，坦率果然是最重要的。

「這樣啊，我是佩爾基烏斯大人的第一僕人，空虛的希爾瓦莉爾。以後還請多指教。」

「我叫艾莉絲．格雷拉特！」

艾莉絲看起來已經迫不及待地想進入城內。希爾瓦莉爾或許也察覺到了這點，開心地引導她進去。

我們欣慰地觀望著這一幕，並跟在她們後面進城。

就這樣，我們一路上聽著希爾瓦莉爾的說明，最後抵達了晉見之間。

「來了嗎？」

佩爾基烏斯一如往常，在精靈的圍繞之下靠坐在椅子上。

這次只是來打聲招呼，當愛麗兒往前踏出一步，打算以拘謹口吻向佩爾基烏斯報告時——

艾莉絲毫不顧忌地站到了前面。

「妳是什麼人？」

我捏了一把冷汗。

我的腦海裡，頓時浮現出艾莉絲握拳揍向佩爾基烏斯的光景。

就算是佩爾基烏斯，也不可能寬大到被堂堂正正直接挑釁，還能輕饒對方。

當我慌張地試圖出手制止時，艾莉絲迅速單膝跪地。

「初次見面。我是日前成為魯迪烏斯妻子的艾莉絲·格雷拉特。今後還請多多關照。」

讓我目瞪口呆。

「吾乃甲龍王佩爾基烏斯·朵拉。吾聽過妳的名字，收下了劍王之位，挑戰奧爾斯帝德的『狂劍王』對吧。」

「我明白自己目前依舊不夠成熟……」

「哦？」

雖然艾莉絲講起話來很謙卑，但聽起來卻像照稿唸似的。她八成是用死記的吧。

「艾莉絲·格雷拉特。我很中意妳那堅定的態度。」

佩爾基烏斯感覺很開心。

「那麼吾也道歉吧。關於八年前，吾之屬下襲擊妳一事。」

艾莉絲抬頭並擺出了狐疑的表情。看她那張臉，應該是不記得這件事了吧。

「我不介意！」

「是嗎……感謝妳。」

佩爾基烏斯輕笑兩聲，接著隨意地揮手致意。

然後艾莉絲挺起身子，以一臉得意表情朝我走來。那張臉就像是在說「這種小事只要我想做就辦得到」。說不定她有特地練習過。

不管怎樣，佩爾基烏斯似乎很中意艾莉絲。

和當時對待我的態度完全不同。果然大家都喜歡毫不做作的人啊。

反正關係好是件好事。

「各位貴賓，請往這邊走。」

愛麗兒打過招呼後，我們在希爾瓦莉爾的帶領下退出了晉見之間。

轉移魔法陣位在從我們使用的出入口繞一圈的地方。

在目前空無一物，空蕩蕩的巨大大廳深處，轉移魔法陣正發出淡淡的光芒。

後來希爾瓦莉爾說明了有關這個大廳的零零總總事項，但這部分就省略吧。

總之，這個轉移魔法陣連結到阿斯拉王國國境附近的森林。

在佩爾基烏斯能用的轉移魔法陣之中，最為接近阿斯拉王國。

轉移魔法陣並不是能設置在任何地方。儘管空中要塞的魔法陣是由佩爾基烏斯的魔力運作，但實際上要轉移的時候，還必須把對應用的魔法陣也流通過魔力才行。

換句話說，要是沒有兩個人同時啟動魔法陣，正常來說無法進行轉移。

那麼，要是無法同時讓兩個人就定位的話該怎麼辦？

這種時候，會使用某樣魔道具。

從前創造轉移魔法陣這套系統的天才，活用了魔力濃度濃郁的場所帶有的特性，進而製造出能從周圍吸收魔力，半永久性活性化魔法陣的魔道具。

使用周圍的魔力……換句話說，只有在魔力濃度濃郁的場所才能設置轉移魔法陣。

我之前去貝卡利特大陸時使用的魔法陣之所以位於森林或是沙漠深處，想必也是因為這樣的理由。

不過根據日後的研究，進一步創造出只要事先裝上魔力結晶並定期交換，就可以讓魔法陣持續活性化的方法。也就是魔力結晶版的手動供給型魔法陣。

尤其阿斯拉王國「魔力濃度稀薄」，據說絕大部分的魔法陣都採用這種形式。

緊急時會裝上魔力結晶，沒必要時就先卸下。至於安裝魔力結晶的場所，也只有特定人士知情。

這次被某人所破壞的，是使用魔力結晶的類型以及沒使用的類型，也就是所有魔法陣。

知道這些魔法陣位置的無非是人神。而且能破壞這全部魔法陣的，便是在整個阿斯拉王國都擁有私兵的大流士上級大臣……這是目前的預測。

場所、裝置以及魔法陣。除非同時湊齊這三項條件，否則無法製作轉移魔法陣。為此，我們無法直接轉移到阿斯拉王國內，只能以繞遠路方式入國。

不過，我們用這種方式移動是沒關係，倒是佩爾基烏斯打算怎麼去阿斯拉王國啊……關於這點，他只說「你沒必要在意這種事」，不願意告訴我。

但愛麗兒好像知道，所以他肯定打算以某種驚人方式登場。

★★★

轉移魔法陣的另一頭是遺跡。

是轉移魔法陣的遺跡。在拉諾亞王國附近和貝卡利特大陸也有這種地方。

據奧爾斯帝德所說，以前似乎存在著更多這樣的遺跡，各式各樣的人種都能在大陸間自由往來。

然而，自從被挪用到戰爭之後，便遭到全面禁止。

之所以會殘留著這些隱藏起來的魔法陣，據說是因為某個龍族對此感到不滿，在自己使用的遺跡架設了結界。不管在哪個世界，都會有這種為了圖自己方便而反社會的傢伙在呢。

不過我們也拜此所賜才能像這樣輕鬆移動，所以我完全沒有責怪他的意思。

離開遺跡之後，眼前是一座蔥蔥郁郁的森林。

根據事前用地圖確認的情報，這裡是被稱為「赤龍上顎」的溪谷略偏向西北方的位置。

只不過現在遇到了一個問題。用轉移魔法陣連同馬車轉移過來是不打緊，但馬車卻沒辦法從遺跡裡出來。我們人那麼多，卻沒人事先想到這點啊……

當我為此不知所措時，愛麗兒的兩名隨從開始不慌不忙地分解馬車。她們倆以熟練的技巧分解馬車，並運到了遺跡外頭。

原本我就覺得這輛馬車莫名小巧，原來是組合式的啊。

就這樣，我們把馬車零件放在馬身上，移動到附近的街道。

接著只要在街道附近重新組好馬車，三兩下就能恢復原狀。

不過抵達街道時太陽已經下山，因此我們決定在街道附近搭帳篷過夜。

畢竟周圍就是森林，在這個場所完全不需要擔心柴薪和食材。

獸系的魔物以及柴薪（魔木），再加上許多野草全都能在現場調度。

是說柴薪（魔木）真的是無處不在。畢竟在我家也住著一隻，說不定這世界的下一個支配者會是魔木。

平常我都是選擇直接坐在地面，或是找根適當的圓木坐下，但其中一名隨從卻帶了毛毯。

真該說不愧是公主一行人嗎？連在外露宿也如此優雅。

負責煮料理的是兩名隨從和希露菲。

雖說我也主動提議幫忙，但遭到婉拒。也是啦，畢竟以希露菲的廚藝來看，就算我幫忙也只會礙手礙腳。因此我姑且告訴她們要是餐具或是調理道具不足，可以交給我製作。

不過在煮飯的這段期間我也閒著發慌。想說至少幫忙警戒周圍，但艾莉絲和基列奴已經在站哨了，看樣子沒有我出場的餘地。

在這趟旅程中，沒有我該做的事情。

我還是第一次遇到這種情況。

從前我孤身旅行，到各個隊伍打擾的時候也沒有經歷過這種事。當時魔力綽有餘裕的我被當作方便的打雜人員而受到重視。從餐具的製作到水的精製都由我一手包辦。如今有幾個能使用魔術的隨從在場，我自然也不需要再做這些工作。

不過，我該做的事情並非照顧愛麗兒公主。

而是看出誰是人神的使徒，並將其打倒。

照現在的預測，是路克、大流士以及另外一人。可能性高的就是北帝或是水神。

針對每個人的應對方法，我已經事先請教過奧爾斯帝德。

我按照他教導的內容在腦內演練過無數次，只差在實戰上實踐了。

我一邊這樣思考，一邊觀察著路克。

他穿著出色的鎧甲，站在愛麗兒的身旁。那個位置可以在緊要關頭馬上保護愛麗兒。

……路克是人神使徒的可能性很高。但就算真是如此，想必他依舊會捨命保護愛麗兒。畢竟就算是人神的使徒，但並不代表成為了人神的屬下。

就像當初人神曾對我做過的那樣，乍看之下會提出非常得宜的建議，但會在最後的最後把人推入谷底。

換句話說，所謂人神的使徒，以大部分的情況來說都算是被害者。

路克也是被害者。正是因為想到這點，我才會猶豫是否該下殺手。

基本上，路克對愛麗兒是重要的存在。在愛麗兒登上王位之後勢必也會成為她的助力。

不對，阿斯拉王國也是要等到百年後才會成為奧爾斯帝德的助力，是將來的事情。也就是說，到時路克早就已經死了，說不定沒有太大關聯。

不過，要是當上國王的愛麗兒沒有好好治理國家的話，是不是也沒有意義？

不對，「愛麗兒登基」的這個事件，肯定會直接成為轉折點。

或者說「第一王子登基」的事件，是會走向壞結局的條件之一。

當然，我很清楚就算以遊戲的角度思考，現實也不會盡如人意。

但不管怎麼說，關於這方面的詳細情形，我還是得向奧爾斯帝德問個清楚。只是不知道他肯不肯告訴我而已。

關於百年後的事情，奧爾斯帝德不願意詳細告訴我。之前曾問過他有關人神說「我一死的話世界就會毀滅」這件事，但他也只是回我「也有這個可能性」。

感覺他只要能殺了人神，未來會變得如何似乎根本與他無關。

不過，就算將來世界真的毀滅，我也沒有餘裕去管那種事。

因為我現在光是保護家人就忙得暈頭轉向。儘管這樣太不負責任，但我管不了那麼多。

未來發生的事情，應該要交給未來的人去解決。

不過，我的子孫是清楚「世界會毀滅」的前提之下，才幫助奧爾斯帝德的嗎？

還是說，是在不知情的狀況下助他一臂之力？

如果是後者的話，似乎有點可憐啊。

為了將來，我姑且還是先留個紙本紀錄，提醒會有這種可能性或許比較妥當。

「魯迪，可以來吃飯了。艾莉絲和基列奴也來吃吧！」

這句話打斷了我的思考。

算了，從阿斯拉王國回去之後再寫日記記下來吧。畢竟我很健忘嘛。

★　★　★

深夜。唯獨愛麗兒使用帳篷，其他人則是輪班守夜。

看守時為兩個人一組。話雖如此，除了愛麗兒外的旅行成員是七個人。所以有一段時間會是三個人一組。

在那段時間，會有一人負責巡視周圍。

而那個人，需要有能夠獨自打倒魔物的實力。也就是我、希露菲、艾莉絲以及基列奴其中之一。

「我去附近巡邏。」

第一天是由我負責。我向其他人告知一聲後便離開了篝火。

目的地是森林深處。

周圍伸手不見五指，唯獨手上的火把發出火光。

不過基本上我很清楚這附近沒有魔物，因此戒心也比較鬆散。

「……」

我就這樣走了五分鐘左右，離開篝火有相當一段距離。

此時，那傢伙突然從黑暗中現身。

銀髮金瞳的三白眼。長相猶如惡魔般恐怖的男子從黑暗中浮現身影。

「咿！」

我不假思索發出慘叫，連火把都差點掉了。

「啊……失禮。您辛苦了，奧爾斯帝德大人。」

「嗯。」

我打了聲招呼後便在附近的樹幹上坐下。奧爾斯帝德也在我對面的樹幹就座。

關於奧爾斯帝德跟在我們後面這件事，想必佩爾基烏斯也知情。畢竟他使用的是同一個魔法陣。

在旅行的這段期間，我會像這樣和奧爾斯帝德定期聯絡。由於太頻繁聯絡會讓人起疑，所以只會幾天一次，在輪到我巡邏時這麼做。

「如何？」

「路克沒有特別可疑的舉動。旅途也很順利。」

就這樣，定期聯絡完成。

畢竟是第一天，沒什麼特別好說的。奧爾斯帝德似乎也對此不抱期待，並沒有多追問什麼。

「這樣啊。想必暫時不會有任何狀況。」

「是。」

「只不過，離開赤龍上顎那一帶時得小心留意。」

「遵命。」

赤龍上顎。

由赤龍山脈隔開，連結阿斯拉王國和北方大地的溪谷。寬度足以讓大型馬車在此會車，是單一直線的溪谷。順帶一提，我從前差點被奧爾斯帝德殺死的場所，就是在赤龍下顎。

只要穿過這座山谷，緊接而來的便是一片大森林。

該處在阿斯拉王國也十分聞名，有著「赤龍鬍鬚」這個名字。

但是，一般多半會把位於北方的溪谷和森林一起合稱為赤龍上顎。

雖說那裡姑且也算是阿斯拉王國的一部分，但阿斯拉王國的國境位於森林以南。該處建造了好比萬里長城般的城牆擋住森林的南側，並且派遣了上百名士兵在此駐守。

這是為了不讓魔物從南側進入，再不然就是為了防備北方的入侵。總之有各種理由。

而且還有一個重點。

這座深邃的森林，經常會用來處理重要人士。

畢竟這裡位於國外，一旦進入森林便不會有目擊者。在森林之中，也有強大魔物和遊走南北兩邊的盜賊團四處橫行。因此想在神不知鬼不覺的情況下收拾某人，這裡可說是再適合不過的場所。

萬一大流士有收到人神給的建議，肯定會在這裡設下埋伏。

畢竟在赤龍上顎以北的地方派遣士兵會形成外交問題。要是在關口以南的話，公主在阿斯拉王國裡遇襲的事件肯定會造成新聞。這兩種做法根據當時狀況而定，都會對大流士造成負評。因此，他發動第一波攻擊的地方，肯定就是這裡。

在這裡的話，就能以最低風險收拾愛麗兒。

奧爾斯帝德是這麼判斷的。

「那麼，我會依照計畫行事。」

「嗯。」

要是遭受襲擊，可以主張通過街道這條路線的危險性。

我可以宣稱「因為繼續在街道上前進會很危險，不如走別條路線吧」。自然地引導眾人和朵莉絲所在的盜賊團進行交涉。

若沒有遇襲，屆時奧爾斯帝德便會行動。也就是自導自演。

為此，他已經在事前準備好描繪著召喚魔法陣的捲軸以及魔力結晶。

召喚獸不是這一帶的魔物，肯定有人在妨礙我們。像這種說詞也已準備好了。

一切都按照預定進行。

「要是對方發動襲擊，北帝奧貝爾・柯爾貝特出擊的可能性很高，要留意那傢伙。」

「是，這部分也會照計畫進行。」

「……嗯。」

如果阿斯拉王國僱用了北帝與水神，奧爾斯帝德認為對方很有可能派出北帝擔任襲擊的任務。據說名為奧貝爾的劍士很擅長那類型的工作。

他是宛如體現了北神流的奇詭劍士。從服裝、髮型乃至於戰鬥方式，全部都很奇特。

那就是奇襲的天才——「孔雀劍」奧貝爾・柯爾貝特。

「令人擔心啊。」

「您在擔心什麼？」

「你啊。」

「……」

「明明即將面臨戰鬥，你看起來卻很樂觀。」

樂觀……是這樣嗎？或許是吧。

話雖如此，我已做好準備。也詢問過該如何對應。儘管奧貝爾不一定會出現，但也模擬過好幾種狀況。再說，我也很清楚他是個不容小覷的對手。

再來，就只剩下冷靜應對而已。

雖然很難說準備萬全，但是也沒必要讓心情無謂地緊繃……應該。

倒不如說，在目前這個階段最好放鬆心情……應該。

「你姑且帶著這個吧。」

奧爾斯帝德從懷裡取出了好幾捆紙。是畫著複雜魔法陣的捲軸。

「這是王級治癒魔術的魔法陣。因為你說過自己的治癒魔術只能用到上級。要是有什麼萬一的話，就使用這個。」

「……是。」

王級的治癒魔術可以治療到什麼程度啊？就算失去一條手臂也能再生來著？

從我的防禦力和迴避力，以及對手的攻擊力來考量的話，還是要有這種程度的回復力比較妥當。

「原來王級治癒魔術也有魔法陣啊。」

「存在於這世界的魔術幾乎都能以魔法陣重現。」

「幾乎……您的意思是，也有無法重現的？」

「發動方式特殊的固有魔術，就不適用這個方法。」

「比方說呢？」

「獸族使用的吼聲魔術，王龍使用的重力魔術……那類的魔術要是不明白原理的話就無法使用。」

吼聲魔術是指我稱為聲音魔術的那個嗎？我姑且也是有辦法讓對手嚇一跳。但那只是用比較大的聲音讓對手驚訝，到底能不能稱得上是魔術實在很微妙。

「我聽說未來的你能運用重力魔術，但到你能夠學會之前，恐怕還需要相當久的時間。就是研究、理解和訓練的時間。」

「……我聽說奧爾斯帝德大人能使用所有魔術。難道您連重力魔術也會嗎？」

「嗯。但那並非很好運用的魔術。」

喔喔，居然會啊。果然厲害。

「……您不是一出生就會使用，而是一招一招慢慢學起來的嗎？」

「沒錯。」

原來如此。就算現在知道自己將來辦得到，我也對原理完全沒有概念，但只要經過漫長的時間，就可以自然而然地想到嗎？就是所謂的反重力那種概念。

算了，現在與其追求不知道用不用得出來的招式，不如處理好眼前的事情。等到自己更有餘裕的時候，再去著眼在那方面就行了。

好。再來該問的事情……是路克吧？

「話說起來，奧爾斯帝德大人。如果路克是人神的使徒，到時是由我來判斷生殺予奪對吧？」

「嗯。」

「假如在不殺他的情況下，愛麗兒公主順利登上了王位，到時他有什麼下場？」

「什麼都不會發生。到時，他應該也會從人神的咒縛解放吧。」

「人神的使徒最多到三個人對吧？放著他不管沒關係嗎？」

「沒問題。人類能保有人神使徒的這個身分，只到那傢伙預知未來的結果出來為止。」

預知未來的結果出來為止？

喂喂老大，這麼重要的事情你應該要早點跟我說啊。難不成你的意思是，使徒也有可能在戰爭進行到一半時變成另一個人嗎？

「然後，那傢伙的預知未來會以某個分歧點為界。以這次而言，應該是愛麗兒是否能擊退格拉維爾和大流士登上王位。」

「您的意思是，在那之前使徒都不會有變？」

「嗯。」

唔，這麼重要的事情居然沒事先講清楚……

算了，反正既然知道了就好。

在這次事件告一段落之前，使徒不會換人。反過來說，也代表這次事件結束之後，路克就失去了使徒的身分。不過他也有可能再次變成使徒啦。

而且從奧爾斯帝德的口氣聽來，在預知未來的結果出現之前，就算使徒死了，使徒的缺額也只能空在那裡。

換句話說，只要殺了一人，對手就會變成暫時減少一張手牌的狀態。

原來如此，難怪他會要我下殺手。

「……那麼，我先回去了。要是我太晚回去會被人懷疑的。」

「知道了。」

說完這句話後，我和奧爾斯帝德的定期聯絡到此結束。

我快速地回到篝火處，回報周圍沒有異狀。按照時間交班之後，我便鑽進了毛毯。

就這樣，前往阿斯拉王國的旅程第一天過去了。

第二話「赤龍上顎」

赤龍上顎。

這裡是一條路直通到底的溪谷。這條路並非像聖劍街道那般筆直。但卻是毫無任何岔路的單線道路。是位於國境與國境之間，不屬於任何國家的領域。

當我們在這條路上移動時，和大型商隊錯身而過。有十輛運貨馬車，以及五十匹以上的馬載運著行李。他們正從阿斯拉王國把貨物運送到魔法三大國。

在浩浩蕩蕩的隊列中，每隔一定距離就會出現步行的人類，是擔任護衛的冒險者。他們以銳利的眼神瞪視我們。

看到這一幕，不經意地讓我想起以前的事。從前往北邊移動之際，我記得也曾混進像這樣的商隊之中。那批商隊的規模並沒這麼龐大，印象中在商人和護衛中也有不少年輕人。

當時我孤身一人。很孤獨，很寂寞。

畢竟那是我深信自己被艾莉絲拋棄的時期。覺得身為男人的自己已經玩完了的時期。

甚至認為在這個世上，沒有任何事物值得相信的時期。

對當時的我而言，唯獨鍛鍊身體，膜拜聖物才是這個世界的真實。

在那之後發生了許多事。

希露菲帶給我自信，如今已是一個孩子的爸。儘管要用「稱職」這個字眼形容還有點困難，但姑且算是個父親。和艾莉絲之間的事也只是誤會，現在她也成為了我的妻子。

洛琪希雖說是當時的情況使然，但也跟我結了婚，現在正懷有身孕。

有三個老婆，夜生活也很充實。要是當時的我看到這樣的狀況，真不知道會說什麼呢。

想稍微找人傾訴、指點迷津，就能輕鬆拜託的這種狀況……

「……什麼嘛，為什麼一直不講話。」

旁邊傳來艾莉絲的聲音。

我猛然一看，發現我和艾莉絲的馬已經並行在一起。順便說一下，我不會騎馬，所以是抱在希露菲的後面。

「吶，艾莉絲。」

「幹嘛？」

「可以讓我揉一下胸部嗎？」

「你突然說什麼……當然不行啊！」

不行啊。就算能輕鬆拜託，但對方會不會答應倒是另當別論嘛。

……嗯。即使當時的我看到現在的我，八成也不會說什麼吧。只會露出寂寞的笑容，說「恭喜你」什麼的。

以前的我就是那種人。儘管嘴上為別人祝賀，內心深處卻覺得那份幸福與自己無緣，刻意保持距離。

「……」

「那個啊，魯迪。」

從前方傳來了聲音，是希露菲。

「你明明有問艾莉絲能不能摸，為什麼就沒問我呢……」

當我回神時，才發現自己的手正揉著希露菲的胸部。怪不得我覺得手掌很舒服。

「喔喔，失敬。抱歉我的甜心。這是下意識這麼做的。」

「算了，是沒關係，反正這附近也幾乎沒有魔物……但離開溪谷之後要忍耐喔。」

「謝謝妳，謝謝妳，希露菲。妳是個好孩子，真的是個好孩子……」

「不要一邊揉胸部一邊道謝啦……」

希露菲輕輕地搔了搔耳朵並露出苦笑。

自從結婚之後，我有事沒事就會摸她胸部。所以希露菲也有習慣被我摸胸部的傾向。因此我對希露菲的胸部也有很深的情感。

「魯迪烏斯，明天可以坐在我後面喔！」

艾莉絲或許是燃起了對抗意識，紅著臉丟下這句話後就逃到了隊伍的前頭。

哈哈，我真受歡迎啊。

……好啦，差不多快穿越溪谷了。

對方肯定會來襲擊，想到這點，我也該切換心情了。

離開赤龍上顎之後，映入眼簾的是一片森林。

溪谷出口位於稍稍偏高的位置，因此我們可以瞭望廣闊的森林以及位於遠處的城牆。

但畢竟樹木也有一定高度，加上這條路蜿蜒曲折，看不清道路前方，所以無法得知森林的哪裡有什麼東西。要是在這裡發生狀況，任誰也不會看到。

但是從城牆反而可以看到森林的出口。代表不管是誰從這裡進出，從對面都有辦法確認。

相較之下，從這邊會被森林遮蔽視線，無法看見關口的出入口。

換句話說，對方占有地利。這個地方很適合發動襲擊。

「總算是回到這裡了呢。」

希露菲在森林的入口停下了馬。

路克也停下，馬車也跟著停下。就像是連帶效應，艾莉絲和基列奴也停下馬。

兩名隨從從駕駛座跳了下來。

希露菲和路克也跟著下馬。隨後，愛麗兒也走出了馬車。她手上拿著一束小小的花。

接著五個人走到了路邊的一顆石頭旁邊。那是一顆普通石頭，上面沒有任何裝飾。但是在石頭表面卻刻著×的符號。

站在最前面的愛麗兒把花束擺在石頭上，雙手交握。

這是米里斯教團的祈禱姿勢。愛麗兒並非虔誠的米里斯教徒，我也從未看過她向神祈禱。路克也是如此。雖說我不確定隨從如何，但希露菲也不是。

換句話說，長眠在那顆石頭下的，是愛麗兒的舊識。是在這座森林，在赤龍上顎死去的，擔任愛麗兒護衛的騎士、術師或是隨從。我聽說在赤龍上顎的國境附近死了特別多人。我想在那之中肯定也有虔誠的米里斯教徒吧。

那麼，我也姑且手交握跟著祈禱吧。

「從這裡開始遇襲的可能性很高。今天就先在這休息，明天再一口氣突破吧。」

聽到愛麗兒這番話後，希露菲等人也陸續回到馬上。

他們臉上的表情，看起來比方才更加嚴肅。

動。

★
★
★

當天晚上，我們重新確認了隊形。

並以此為基準，釐清每個成員會用的技巧以及魔術，預先推演遇到什麼狀況的話該如何行動。

艾莉絲和基列奴是前衛。能快速判斷狀況且具有對應能力的希露菲為中衛。擁有預知眼的我，是可以輕鬆瞭望整個戰場的後衛。基本上我會站在可以把所有人盡收眼底的位置。

另外，路克和隨從埃爾莫亞擔任愛麗兒的隨身護衛。雖說這兩個人的裝備也算不錯，但戰鬥力終究不足。就算讓他們和艾莉絲與基列奴並肩作戰也只會礙手礙腳。這樣的話，乾脆讓他們守在愛麗兒身邊預防奇襲更為恰當。

隨從克麗妮則是用愛麗兒持有的魔道具改變長相和頭髮顏色，藉此擔任愛麗兒的替身。聽說為了這天，兩名隨從都把自己的頭髮長度剪齊到和愛麗兒差不多的長度。雖說體型和身高不同……算了，這也沒辦法強求。總之，就由身材較像愛麗兒的克麗妮先假扮，一旦她被殺害，再來就由埃爾莫亞擔任替身。

換句話說，這兩名隨從的性命就好比是愛麗兒的殘機。

儘管我幾乎不了解她們，還是希望能在無人喪命的情況下完成這次任務。

明天，我們會在假設有襲擊的情況下行動。

「我們是透過轉移魔法陣移動過來的。對方是不是要再過一陣子才會派襲擊者攻擊呢？」

針對某人的提問，愛麗兒如此回答：

「大流士上級大臣行事周密。想必他在父王罹病的當下就已經做好應對措施了。」

她是這麼說的。

目前誰也不知道他採取了何種應對措施，又有什麼樣的爪牙在等著我們。但是，大家都已經得知北帝和水神受到阿斯拉王國僱用。我也進一步向眾人說明擔任刺客的人，很有可能是北帝奧貝爾。

雖說我想把他的戰鬥方式以及到時該如何應對的情報也先告訴大家，但如果路克和奧貝爾都是人神的使徒，很有可能被將計就計，因此我沒有明說。

以為自己做好對策，結果卻被對方反咬一口，要是真演變成那樣可是慘不忍睹。

這次就靠我一個人對應。我要一邊警戒奧貝爾的奇襲，同時保護眾人的安全。

至於基列奴……與其說保護她，反而更像是被她保護。

不管怎麼樣，就盡力做到最好的結果吧。

隔天。

我們按照先前商量好的隊列移動。

最前排是艾莉絲和基列奴，接著是我和希露菲共乘的馬。雖然很想坐在艾莉絲後面，但畢竟有隊列上的考量，今天就忍耐吧。在我們身後的是愛麗兒與兩名隨從搭乘的馬車，路克則是緊跟在馬車後面。

我們警戒四周，同時在森林裡唯一的道路上前進，此時，出現了一條有個難以看清前方的彎道。

在那正前方，我在一棵稍矮的樹上發現刻著某個記號。

那是個猶如$形狀的記號。是之前和奧爾斯帝德商量過的信號。

意思是「在前方有埋伏」。看來似乎不需要自導自演就能了事。

我將預知眼發動到極限並握緊魔杖。也啟動了札里夫護手，做好隨時都能啟動手掌上的吸魔石的準備。

說不定會從森林中突然飛來毒箭或是吹箭，也有可能朝著馬車放出上級以上的魔術。不管是哪個，只要我瞪大預知眼仔細觀察，應該就有可能迴避才是。

但是，好像沒這個必要了。

艾莉絲和基列奴的馬走在前方，然而卻有群穿著鎧甲的士兵排成一列，彷彿要阻擋她們倆的去路。人數有十人以上。

「停！」

艾莉絲和基列奴保持距離並停下馬匹。

「什麼人！」

鎧甲士兵沒有回答基列奴的提問。或許是因為他們戴的是全罩式頭盔，無法看清底下的表情。

在鎧甲士兵之中，有個人身上佩戴著尤其華麗的羽毛飾品。那人就是奧貝爾嗎？

不對，那恐怕只是一介隊長。奧貝爾的打扮好像更為華麗。

「……」

他們不發一語。僅是像禁止通行一般默默擋在道路前面。

「魯迪……你先下來。」

聽到這句話後，我從馬上一躍而下，移動到愛麗兒的馬車附近。

希露菲則是直接騎著馬移動到前面。她一邊在艾莉絲和基列奴之間調整好位置，同時向隊長大喊：

「我是護衛術士菲茲！你們是明知坐在這輛馬車上的，是阿斯拉王國第二公主愛麗兒．阿涅摩伊．阿斯拉，還如此大逆不道嗎！到底是哪裡的士兵！報上名來！」

高昂又凜然的聲音在森林內響起。真帥。

「……」

但是，隊長沒有回答，只是默不吭聲地拔出了佩劍。

「！」

以這個動作為開端，士兵們也紛紛拔出了腰間的佩劍。
鏗鏘的刺耳響聲迴盪在森林之中。
與此同時，從森林中也陸續出現了完全武裝後的士兵。
幾乎所有人都拿著劍，但其中也有幾名拿著杖。
「敵襲！」
路克早已下馬警戒著背後。在駕駛座上的隨從埃爾莫亞則是以一臉緊張神色握緊馬鞭。在馬車裡面，則是喬裝為愛麗兒的隨從克麗妮。
我確認狀況之後面向前方。
「嗚啦啊啊啊啊！」
「嘎啊啊啊啊！」
艾莉絲和基列奴已經砍向前方的士兵。
她們以甚至不會留下殘像的劍速將士兵接二連三地砍倒在地。明明是對方先拔劍，但卻是我們早一步發動攻擊。著實令人敬佩。
「魔術就交給我！」
希露菲將朝向兩人飛去的魔術確實抵消。
儘管目測不到，但在士兵後方似乎也有魔術師。
看得見的士兵人數將近三十。因為他們還陸續從森林裡出現，想必不只這個數量。

但是對艾莉絲和基列奴來說，人數上的優勢似乎毫無意義。她們在霎時間就銳減了敵方人數。

隨心行動的艾莉絲，她的死角由基列奴負責彌補，再加上用魔術支援她們兩人的希露菲。

她們以漂亮的走位方式避免自己遭到包圍，並以驚人的氣勢擊倒全身鎧甲的騎士們。

好強啊……那三個人。或許是因為有在圖書迷宮冒險的經驗，她們配合起來簡直是行雲流水。

看來交給她們應該沒問題。

「路克學長！後面有敵人嗎！」

「沒有！」

守衛馬車後方的路克如此回答。這個狀況簡直就像是叫我們往後方逃跑。

是陷阱嗎？肯定是陷阱吧。

「怎麼辦？要撤退嗎？」

「不，感覺有辦法突圍。現在就穿過前方……」

此時我往前一看，士兵的人群分成兩半。

然後，看到從人群中出現的人物，艾莉絲和基列奴停下了動作。

那名人物比想像中還要嬌小。

以大小來說，估計頂多只有一公尺吧。

是小人族。全身鎧甲包裹著他小小的身體。那似乎是被打磨得相當漂亮的鎧甲，在日光的照射下發出一閃一閃的光芒。整個人身體矮不隆冬的，簡直就像夜總會的玻璃球。

當他站上前面之後，我感到周圍的士兵們湧起了些許安心感。

就像是「師傅，麻煩你了」那種感覺。

看樣子他似乎是強者。難道這傢伙就是奧貝爾嗎？

「吾名為北王維・塔！是北神三劍士之一！『光與闇』之維・塔！」

……誰啊？

「想必閣下就是『黑狼』基列奴！現在就讓吾等堂堂正正單挑，一決勝負！」

玻璃球拔出佩劍。

那是和身體大小相稱，大約三十公分的短劍。但是刀身卻猶如鏡子般閃閃發光。

不過話說回來，居然是單挑啊。目前已經是好幾十對三的情況了，葫蘆裡到底賣什麼藥？

「哼。」

被指名的基列奴用鼻子哼了一聲。

接著，把劍尖指向了維・塔。

「好吧！劍王『黑狼』基列奴！奉陪到底！」

基列奴將劍擺到了腰間，和那傢伙正面對峙。

然後，局勢也隨之停擺。原本衝向這邊的士兵停下腳步，退到稍遠的位置開始觀戰。希露菲也時不時確認這邊的狀況並退到後方，警戒對方士兵的動向。

那個自稱北王的男人中斷了這場混戰，現場營造出這樣的氣氛。

不過，艾莉絲卻不懂得看氣氛。她看到士兵後退，認為機不可失，便朝著他們殺了過去。

「噠啊啊啊啊啊！」

「咦？等等！艾莉絲！」

希露菲也被她影響跟著加入戰局。她保護艾莉絲的身後繼續展開了混戰。

她們倆應該不要緊吧。敵方人數眾多。但目前為止她們還沒有被任何攻擊打中，看起來綽有餘裕……好，看來沒問題。

雖然想出手幫忙，但我沒辦法離開現在的位置。之所以會這樣，是因為艾莉絲衝向退後的敵兵，和馬車稍微拉開了一些距離。

況且，現在奧貝爾還沒有出現。

在他出現之前，我不能貿然行動。

奧貝爾擅長奇襲。會先以某種方式吸引對手目光，再從後面一刀致人於死。儘管是非常單純的奇襲，但他對時機的掌控非常出色。他會抓準意識空檔那短暫的破綻下手。

特別是想要擊潰強力的魔術師時，他會抓準對手擊發魔術後的破綻。

因此，奧爾斯帝德這麼建議。

要是進入戰鬥之後依舊無法看見奧貝爾的身影，直到那傢伙現身前都別使用魔術。就算自己人陷入危機也不要出手。只要等待，奧貝爾就會改變目標，選擇最大意的人發動攻擊。到時再瞄準他攻擊。

所以我還不能行動。必須要把瞪大眼睛警戒周圍才行。

不過話說回來，狀況有點不妙。

北王維・塔的出現完全在預料之外。如果再繼續出現除了奧貝爾以外的強敵，就勢必得指示眾人撤退才行。

「唔，咕！」

「哈哈！『黑狼』基列奴！根本是言過其實！」

基列奴被維・塔稍微壓制住了。

是說，基列奴的動作很奇怪。在她試圖攻擊的時候，會在短暫一瞬間停下動作把臉轉開。而維・塔自然不會放過這個明顯的破綻。他用看似笨重的外表完全無法想像的高速，衝進基列奴的懷裡連續使出突刺攻擊。

基列奴會彈開突刺或是直接迴避，再不然就是沒能順利擋下而在皮膚上留下淺淺的擦傷。從剛才開始，基列奴就沒有使出一次攻擊。儘管她會擺出攻擊的動作或是蓄力，但不知為何，每當出手前就會把臉別開，讓維・塔順利先發制人。

對方肯定被動了什麼手腳。但是從我的位置完全無法判斷。

我仔細盯著維・塔。

他全身就像玻璃球一樣閃閃發光，實在很難看清楚。那傢伙和基列奴維持著一定距離，並把左手伸向前方。左手什麼都沒拿。那麼，他是用了某種魔術嗎？

基列奴又把臉挪開了。

這麼說來，是沙子？是用沙子攻擊眼睛嗎？

不對，感覺不像。他的手看起來並沒有放出任何東西。可是，每當維．塔微微晃動左手，基列奴就會把臉別開。況且不僅是左手伸出來的時候，就連沒伸來的時候也同樣如此。

……不對，我懂了。

是光。他用那宛如鏡子的鎧甲反射陽光，奪走了基列奴的視線。每當基列奴試圖攻擊時他就會刻意這麼做。

怎麼用這麼小家子氣的技倆啊！

可是基列奴似乎難以招架。再這樣下去的話，她說不定會輸。

我應該出手嗎？該怎麼辦？要是等到錯過時機就為時已晚了。

更何況，奧貝爾真的在嗎？我要為了警戒連在不在都不清楚的敵人，對基列奴見死不救嗎？

……好。

我把魔力注入魔杖。

使用的魔術是水和土。把平常用的泥沼用得更加鬆軟。混合魔術——

「『泥雨』！」

霎時間，天空就被雲層覆蓋。

傾注而下的，是猶如巧克力的褐色雨滴。一瞬間就覆蓋整個戰鬥區域。

這不過是含有泥土的雨，沒有任何攻擊力。然而一旦落到地上之後，就會形成爛泥阻止士兵們的行動。許多人因此而滑倒或跌倒。

對於鍛鍊過下盤的艾莉絲和基列奴沒有影響。希露菲也是，儘管白髮被染得斑駁卻也毫不介意。

「唔喔喔？這是什麼！」

然而全身打磨過的維．塔渾身沾滿泥巴，玻璃球頓時失去光澤。

「嘎啊啊啊啊啊啊啊！」

基列奴裂帛的氣勢響徹了整座森林。

她用擺在腰間的劍釋放出光之太刀。維．塔想用翻滾迴避這招，但卻為時已晚。鏘的一聲，金屬被一刀兩斷的聲音響徹四周，從他的肩頭也噴出了大量的血。

這樣就行了。我可以繼續提防奧貝爾……

我抱著這種想法轉向身後。

「咦？」

「哦？」

正後方，那個男人出現了。

是怪人。

彩虹色的上衣，搭配只到膝蓋的褲子，腰間佩戴了三把劍。臉頰上紋著孔雀的刺青，猶如拋物面天線一樣的敞篷髮型。背上披著棕色的披風。從披風上不斷有沙子落下，形成了一條道路。道路延續到旁邊不遠處的洞穴，而那個洞穴正好位在警戒後方的路克死角處。

這傢伙在路上挖洞躲起來了嗎？

「……」

樣貌、服裝一致。這傢伙……就是北帝奧貝爾。

「居然能注意到啊……」

在下一個瞬間，預知眼看到了奧貝爾的動作。

〔舉起右手拿的劍。〕

「但是魔術師在這個距離的話……納命來！」

〔奧貝爾把劍揮下。〕

我反射性地伸出左手。

左手裝著札里夫的護手。儘管護手沒有重量上的負擔，但依然是奧貝爾的速度較快。然而，我還有一手。正確說是……

「『臂膀啊，飛吧』！」

「呼喔喔！」

護手以難以置信的速度向前噴射。

但是奧貝爾在千鈞一髮之際歪頭並做出後空翻的動作，閃過了護手。護手發出了「咻」的一聲，插進了遠方的樹裡。奧貝爾就這樣拿著劍，瞪大眼睛來回看著這邊與飛到遠處的護手。

「實……實在奇特啊……」

我的心臟也在怦咚狂跳。我早知道奧貝爾會設下埋伏。

明明已經從奧爾斯帝德那邊聽過這件事了……該死！

違反他叮嚀的結果，就是這個下場。

我變成得一對一和奧貝爾對峙。

對手是北帝。雖說他擅長奇襲，但正常戰鬥肯定也不弱。不過，奧爾斯帝德也教過我在他曝露行蹤後該如何應對……能贏，沒問題的，冷靜下來，我很強，I'm strong，I'm strahan，我是史特龍。義大利種馬……

「『泥沼』魯迪烏斯。」

不，錯了。我不是拳擊手，是魯迪烏斯。（註：席維斯．史特龍在尚未演出《洛基》的拳擊手角色成名前，曾演過名為《義大利種馬》的電影）

奧貝爾並沒有馬上攻過來。他直挺挺地站在原地向我搭話。

「雖然已經聽說過了，原來如此，這的確是很棘手呢。」

他為什麼不攻過來？要是他不攻過來的話，我就沒辦法套用應對方法……

「……你是在哪裡聽說我的名字的？」

「在教導某頭野獸劍術的時候。是那個野獸說的呢。她說魯迪烏斯很厲害。」

是艾莉絲啊。

「能夠馴服那頭野獸的男人。原本在下就覺得那男人肯定很奇特，但沒想到跟傳說中一樣，居然連手臂都能飛出來……」

看樣子他好像被我的金〇飛拳吸引目光了。

他以「不知道是不是還會做出什麼奇怪的舉動」這種警戒的眼神盯著我。

真是沒禮貌的傢伙。竟然把人當作稀有動物……

但是他肯提防我可說是求之不得。畢竟我用眼角餘光瞥到擊退維・塔的基列奴正朝向這邊過來。由於距離不遠，想必她馬上就會趕到。

如果是二對一的話，勝算便一口氣飆高不少。

「艾莉絲、基列奴，還有沉默的菲茲以及泥沼魯迪烏斯。為了以防萬一，還把維・塔給帶來了……要是在下沒能收拾魯迪烏斯，那狀況就會變得有些棘手呢。」

奧貝爾說了聲「好」，自顧自地做出結論並點了點頭。要攻過來了嗎？

「但是，這樣才有資格當在下的對手！」

他要來了。不過以現在的狀況，只要再撐個幾秒，就能和基列奴一起夾擊他。而且奧貝爾會使用的技倆我也都大概知道。

可以。能收拾他。

「在下的名字是奧貝爾．柯爾貝特！」

奧貝爾以左手拔劍，把右手的劍收回劍鞘。而我也呼應著這個舉動把魔力注入魔杖……

「那麼……我要走了！再會！」

奧貝爾蹬了一腳後衝了出去，但不是朝向我，而是衝向基列奴的方向。

奇怪？他剛才是不是說了再會？

「奧──貝──爾！」

「哦哦，基列奴，這麼久沒見到妳了……」

「嘎啊啊啊啊啊啊！」

「看樣子是毫無長進啊。」

奧貝爾把不知何時拿在手上的袋子扔了出去。袋子緩緩地描繪出一條拋物線朝向基列奴飛去。基列奴反射性地將那個袋子在半空中斬落。

就在那個瞬間，袋子裡面猛然灑出了類似煙霧的東西。基列奴的臉硬生生被那些物體噴到……不妙。

「『岩砲彈』！」

「哎喲！」

奧貝爾輕而易舉地迴避了從背後飛來的岩塊。

此時基列奴趁勝追擊……她無法這麼做。因為灑在臉上的粉末害得她流下了斗大的淚珠，狂打噴嚏。那是奧貝爾混入辛香料的特製催淚彈。

但是，奧貝爾也無法對基列奴展開追擊。他像蟑螂一樣從基列奴身旁穿過，接近正在不斷殲滅士兵的艾莉絲和希露菲。

「撤退！撤退！重頭來過！」

聽到這句話後，士兵開始一齊逃往森林。同一時間，艾莉絲也察覺到了奧貝爾。

她像是要保護希露菲一般，移動身體試圖迎擊奧貝爾。

「嗚嘎啊啊啊啊啊！」

「『劍啊，點亮燈火！』」

在發出詠唱的同時，奧貝爾的劍也被火焰圍繞。奧貝爾一邊往側邊踏步，同時迅速地從腰間拿出了某種東西並含在嘴裡。我也知道這個技倆。來得及。

「噗——！」

「『水壁』！」

奧貝爾從口中噴出油，並透過火焰之劍點火，襲擊艾莉絲。

但是在千鈞一髮之際，我張開的魔術阻止這波攻勢。火碰到水壁之後便在一瞬間滅火。

艾莉絲絲毫不在意眼前的水牆。

展現出要將對手連同我的魔術一刀兩斷的氣勢，以大上段的架式使出袈裟斬砍向奧貝爾。

「噠啊啊啊啊！」

「唰」的一聲，奧貝爾的上半身被砍斷，重重落到地面。

「很好！」

「嘖！」

與高興的我相反，艾莉絲嘖了一聲。

仔細一看，掉到地面的並非奧貝爾的上半身，而是圓木。不知道什麼時候有根圓木就落在地面滾動。一根披著滿是沙子的披風的圓木。

明明我應該用預知眼看到了，然而卻還是搞不清楚發生了什麼事。

當我這麼想的瞬間。

有某種東西朝著圓木飛來。

是鉤爪。繫著繩索的鉤爪朝著圓木飛去。鉤爪在牢牢勾住布後一口氣往回拉。只見布在空中飄盪，最後落到了抓著繩索另一頭的男人手邊。

是奧貝爾。他穿著以花草為迷彩的披風藏身在森林裡面。

奧貝爾用鉤爪把布回收，也就是說，那套披風難道是一種魔法道具嗎？

兩套披風能夠瞬間替換披著披風的對象之類的。

也就是金蟬脫殼之術？我可沒聽說這種事啊，老大！

「妳實力更上一層樓了啊，狂犬！這次在下就先失陪了！下次再會吧！」

「給我站住！」

「要站住的人是艾莉絲啦！」

正當艾莉絲試圖追趕奧貝爾時，被希露菲攔下了。

「在森林裡面還有士兵！不要一個人往前衝！」

艾莉絲聽到這句話後轉頭望向我。我搖了搖頭。於是艾莉絲一臉可惜地望向奧貝爾消失的方向之後，嘖了一聲便把佩劍收回腰間。

「哼。」

以一臉不悅表情往這邊走過來的艾莉絲，以及拿著魔杖持續警戒周圍的希露菲。目前周圍暫時沒有敵人的氣息。

留下的只有屍體。

「呼……」

總之這樣一來，襲擊就算結束了吧。

但要是就這樣鬆懈，奧貝爾說不定又會發動攻擊。

至少在晚上之前都持續保持警戒吧。

戰鬥之後，我們確認了狀況。

敵方幾乎全滅。我方幾乎沒有損傷。頂多是基列奴淚流不止，狂打噴嚏將近一個小時。由於治癒魔術和解毒魔術都起不了作用，讓我們稍微擔心了一下，不過用水魔術清洗後症狀就改善了不少。

感覺治療和解毒魔術意外地有很多狀況都無法對應耶。

我想對花粉症八成也沒效吧。雖然這個世界好像沒花粉症就是了。

我們把路邊的屍體收拾乾淨。雖說就那樣放著也不打緊，但畢竟這裡是森林裡面。要是置之不理的話，屍體會變成不死族重生。因此把屍體丟著不管的舉動基本上算是一種禁忌。

我們脫下士兵的鎧甲，把似乎能當作遺物的東西集中在路邊之後，把屍體燒燬。

「……」

在進行後續處理的時候，路克的臉色顯得很差。他越是進行著這一連串的作業，臉色就變得越來越差。他並非是因為不習慣屍體，而是很在意屍體的鎧甲。

是有什麼原因嗎？

「噯，路克，這個徽章是……」

馬上就明白原因了。

在大量的屍體之中，有一部分的鎧甲上頭烙印著某個徽章。

那個徽章屬於阿斯拉王國某個領土的領主。至於那塊領土，叫作米爾波茲領地。

這是在阿斯拉王國中擁有極大權力的地區四大貴族之一治理的領地。這表示在襲擊我們的士兵之中，包含了治理那塊領地之人麾下的士兵。

而這代表了一件事。察覺到這點的路克喃喃說道：

「怎麼可能……」

米爾波茲領地的領主，皮列蒙・諾托斯・格雷拉特背叛了愛麗兒。

第三話「推敲」

從襲擊之後過了一個小時。我們在森林稍微深處的地方搭起了帳篷。用石頭柵欄圍起篝火，盡量不讓火光過於明顯，並召開了作戰會議。

「不可能……這不可能……」

路克露出了茫然若失的表情。

自從看到士兵的鎧甲上有米爾波茲領地的徽章之後，他就一直用空洞的眼神如此低喃。

看樣子，他無法相信米爾波茲領主，也就是自己的父親竟然背叛愛麗兒，甚至對她兵刃相向。

儘管路克受到莫大的打擊，但愛麗兒和其他隨從的態度卻十分平靜。或許她們已經預測到了這種可能性。

之所以唯獨路克受到打擊，一方面是因為他是皮列蒙的親人，另一方面可能是被人神灌輸了某種觀念吧。

人神到底對他鼓吹了什麼？而且，路克是不是也發現人神鼓吹的訊息是謊言了呢？

畢竟人神基本上只會說些對他有利可圖的話。

……關於這部分要向他問清楚嗎？不，現在應該先切入那個話題。

「愛麗兒大人。」

「魯迪烏斯先生？怎麼了嗎？」

「奧貝爾剛才喊說要『重頭來過』。那麼在這座森林，或者說在國境一帶，甚至有可能在我們穿越國境之後，依舊會持續受到對方的襲擊。」

艾莉絲顯得有些困惑。

「我也這麼認為，所以呢？」

她臉上的表情就像在表示那種事打從一開始就在預料之中。

「儘管這次平安擊退敵人，但奧貝爾是個超乎想像的強敵，況且來襲的人數也比預期中來得多……看來對方是認真想要讓愛麗兒大人從這世上消失。想必他們下次會做好更加萬全的準備，再發動襲擊。」

「……意思是無法擊退嗎？」

我重重點頭同意愛麗兒這句話。

「就目前狀況而言，並不能妄下定論，但他們下次發動襲擊的地方恐怕會是關口。而且我認為還會設下陷阱。到時肯定會難以突圍。」

「但是，我們已經無法依靠轉移魔法陣。那也只能繼續前進不可了。」

對話發展正如我的預期。

愛麗兒真的很好交談。簡直像是早知道我要說什麼。

「是的。但是，我們沒有必要特地往已經知道有陷阱的地方跳。」

「哎呀……所以你的意思是，有辦法不通過關口就穿越國境嗎？」

「是的。」

「那我們該怎麼做？」

不知何時，周圍的成員都靜靜地聽著我和愛麗兒的對話。

感覺有些難以啟齒，但顧不了那麼多了。

「我聽說在這個國境附近，有以走私和販賣奴隸維生的盜賊集團。我們去和那幫人接觸吧。要是順利的話，或許不需要通過關口就能進入國內。」

我這樣說完後，愛麗兒「唔」了一聲擺出了沉思的姿勢。

希露菲露出有些狐疑的表情。艾莉絲和基列奴根本沒在聽。

「魯迪烏斯先生，我記得你之前曾經說過不該做非法的事情對吧？」

「是的。關於這點依舊沒有改變。但是，我似乎有些誤判目前狀況的嚴苛。為了解決眼前的危機，這也是迫不得已。」
「這樣啊……」
說完這句話後，愛麗兒像是認同我的看法似的點了點頭。
她環顧周圍，和眉毛垂成八字的希露菲視線相交。
「希露菲，妳怎麼看？」
「……我覺得可行。雖說並不清楚那個盜賊團能信用到什麼程度，但既然是魯迪的提案，我想不至於太過危險。」
她嘴上雖然這樣說著，但看起來卻有些不滿。
是在怪我沒有事前告訴她嗎？
但要是在我提案之後才遭到襲擊，不就像是我指使對方襲擊一樣嗎？
「路克呢？」
愛麗兒轉頭望向路克。
然後，路克像亡靈似的緩緩抬頭。用有些猙獰的眼神望向這邊。
「你這傢伙，到底有什麼企圖……？」
他用顫抖的聲音，嘟囔了一句。
用質疑的表情注視著我。
「你這傢伙的行動，簡直像是早就知道奧貝爾會發動奇襲一樣。」

「因為我預料過了。」

「看起來就像是知道他會用什麼方法戰鬥。」

「因為我有預知眼嘛。」

你才是吧。明明這些事是在你幾乎看不到的死角發生的，倒是很清楚嘛。

「奧貝爾也莫名乾脆就撤退了。」

「要是在最初的一擊就把我收拾的話，想必他不會撤退，而是會繼續進攻吧。」

「如果是你的話，應該有辦法阻止他逃跑不是嗎？」

「……應該能阻止得了，不過得使用大規模的魔術。在那種情況下會連待在射線範圍上的艾莉絲和希露菲也一起波及，況且也很有可能被那個不知道是魔道具還是魔力附加品的玩意兒迴避。」

「……誰知道呢。」

喂喂。這種口氣簡直是在懷疑我跟奧貝爾是同夥嘛。

……噢，我懂了。這就是人神鼓吹他的內容啊。只要栽贓我跟奧貝爾，再不然就是跟大流士互相勾結的話，對他來說是最輕鬆的發展。

真傷腦筋。只要稍微動腦想一下的話，就可以明白我根本不可能和大流士或是奧貝爾在私底下勾結嘛……路克，你再振作一點好嗎？我知道父親背叛對你造成了很大的打擊，但我可不是敵人啊。

「……路克學長。我是因為你出面拜託才願意協助愛麗兒大人的喔。」

「我的確是拜託過你……但是，這不是很奇怪嗎？父親他……父親他不可能會背叛才對啊。」

路克的言行不太對勁。果然是人神幹的好事吧。人神到底對路克做了什麼建議呢……等等，人神現在該不會看不到路克？因為我現在正戴著奧爾斯帝德之前給我的手環，而這手環干擾了人神的能力。

換句話說，他對路克的建議並沒有切入問題核心

……搞不好，路克也有可能已經被人神切割了。

「……你從剛才開始就在講什麼啊？」

艾莉絲以不悅的表情瞪著路克。

感覺她現在就想把路克痛揍一頓，而希露菲則是以比平常更銳利的眼神來回看我跟路克。旁邊的基列奴現在頭上則是冒出了問號。就像是在說這種事情很複雜，跟我沒關係。

「愛麗兒大人。」

路克擺出嚴肅的表情，並把臉朝向愛麗兒。

「我反對。最近的魯迪烏斯肯定在隱瞞著什麼。」

「……是這樣嗎？」

「剛才提到的那幫盜賊團也不知道究竟有沒有問題。我也同意不該通過關口，但我認為現

在應該暫時打道回府，向佩爾基烏斯大人申請援軍。」

向佩爾基烏斯申請援軍，是嗎？這的確有道理。

拜託佩爾基烏斯底下的一兩名精靈擔任護衛，這樣就能增強戰力強行突破。

嗯，我覺得這樣也不錯。

對我而言只要愛麗兒沒事，其他怎樣都無所謂。畢竟我只是想和人在盜賊團的朵莉絲接觸而已。雖然離開愛麗兒身邊有可能讓她遭遇不測……但我也沒必要一天二十四小時都跟在愛麗兒身邊。

「……埃爾莫亞、克麗妮，妳們兩個怎麼看？」

「我支持路克大人。」

「我也是。」

「這樣啊。」

兩名隨從似乎支持路克。這樣一來，就是二比三了嗎？

不過基本上，我們這個隊伍也不是民主主義。真要說的話歸類在封建國家。這裡的事情都以愛麗兒的想法為主。

算了，不行的話，我就一個人嘗試跟朵莉絲接觸吧。就說要一個人先到國內偵查之類，不過一個人去會被懷疑，搞不好還得帶希露菲或是艾莉絲一起去……

「……」

愛麗兒沒有詢問艾莉絲和基列奴的意見。

她低下頭稍微沉思了一段時間。瞇起雙眼，注視著篝火搖曳的火焰，專心思所下一步該怎麼做。

「好。」

過了一會兒，她把頭抬了起來，來回看著我和路克。

讓視線游移了大約兩次左右之後，把視線停在路克身上。

「按照魯迪烏斯先生的計畫執行。」

「什麼！」

路克頓時沉下臉。

「這是為什麼！」

「要是我還沒回到本國就逃之夭夭，佩爾基烏斯大人肯定不會承認這種人為王。所以我不能因為這點程度的小事就『拜託』他。」

愛麗兒這樣說完後，這次把視線移到我身上。

……難道說她是刻意在袒護我嗎？

這是怎麼回事？為什麼愛麗兒要站在我這邊呢？雖說這樣正合我意……但卻有點不安。

「可是，死了的話一切就全白費了。況且那可是盜賊團！說不定還會打算把愛麗兒大人賣掉——」

「路克。」

聽到愛麗兒喊著自己的名字，路克頓時噤口不言。

「你突然是怎麼了？魯迪烏斯先生不可能做出那種事吧？」

「可是，父親大人他……」

「我們應該很久以前就已經預測過皮列蒙大人背叛的可能性。你以前不是也說過，如果是你父親的話說不定會這麼做嗎？」

「我……我以前的確是這麼認為沒錯。可是，我確實親耳聽到……」

說到這裡，路克猛然慌張地用手摀住嘴巴。

愛麗兒對這個反應似乎也有些驚訝。她瞪大眼睛，嘴唇也顫抖了起來。

「難不成路克，你該不會是從哥哥那裡…………」

愛麗兒說到一半便打住不說下去。或許是因為她預測到要是把話說清楚，大聲斥責，就有可能得當場與路克分道揚鑣。

她為了迴避這點，決定切換說法向路克發問。

「路克．諾托斯．格雷拉特，你是什麼人？」

路克露出恍然大悟的表情注視愛麗兒。

接著，他望向希露菲以及兩名隨從。看到她們三人一臉擔心的表情之後，他再度注視愛麗兒的雙眼。

他沒有移開視線，單膝跪地，抬著頭這樣說道：

「我是妳的騎士。」

「沒錯，而我是你的公主。」

路克低頭，愛麗兒見狀後點了點頭。

他們兩人就像是放下了心中的芥蒂一般，露出滿足的表情。就像是在表示能這麼說便足夠了，能聽到這句話就行了。彷彿光是這樣便能滿足一切。

希露菲和兩名隨從，看到這個場面也都鬆了一口氣。

這就是他們兩個人之間的羈絆。

「那麼，我們出發吧。魯迪烏斯先生，麻煩你帶路。」

「是。」

不管怎麼說，這樣一來我們的下一步就是與盜賊團接觸。

雖然路克沒有背叛，但是卻留下了不安。

因為根據這次的對話，可以肯定路克毫無疑問就是人神的使徒。

★ ★ ★

為了前往盜賊團所在之處，我們再度回到了街道。

我知道如何前往盜賊團的方法。散落在街道旁邊的其中一塊岩石上面標示著記號。從那裡進入森林，再筆直往東前進。

那個盜賊團的據點位於森林東側。也就是山麓懸崖的下方。

由於我們回到森林裡面，因此得把馬車分解由馬匹載運，使得移動速度跟著下降。

起初愛麗兒也騎著馬，但因為從樹木和地面冒出的樹根過大，會有落馬的危險，所以移動到森林深處後就先下來了。

盜賊團的所在之處位於東方，但由於森林十分茂密，移動起來極為困難。

我們邊牽著馬邊從看似能通過的場所移動，有時會用魔術切開樹木開出道路。

雖說砍倒樹木會留下痕跡，這樣一來敵人更容易追蹤。但要是我們在路上和魔物戰鬥，也同樣會留下痕跡。反正我們這邊人數眾多，也不清楚如何甩開對方跟蹤的方法。還是別太在意比較好。

途中，我們也停下來休息了幾次。

因為愛麗兒沒過多久就會說她腳在痛。或許是因為她不習慣在森林裡面行走吧。不過基本上，愛麗兒完全不會抱怨。每次都是由希露菲對愛麗兒的腳施加治癒魔術，調整好狀況後再重新出發，我們不斷重複這種狀況前進。

「……」

彼此沒有什麼交談。

一旦沒有交談，便會促進思考的空間。儘管不清楚每個人一邊走著一邊在思考什麼，但我在想的，是關於人神的使徒，以及人神對使徒提出了什麼樣的建議。

換句話說，就是路克從人神那邊得到了什麼的建議這點。

他從人神身上聽取了某種建議，這點毋庸置疑。

不過，現在還無法釐清他是在哪個時間點，得到了什麼建議。

若是以我為例，人神並沒有頻繁地給出建議。雖然偶爾會沒隔多久就出現，但基本上會有一年的空窗期。假如路克也和我一樣，這次頂多只給過他一兩次建議吧。

可能性比較高的，是在去圖書迷宮之前，路克來我向我尋求幫助的那個時候吧。以內容來說，是「把魯迪烏斯拉攏為同伴，這樣可以幫上愛麗兒」這種感覺。

是和路克的行動有直接關聯的建議。

但是從這次遇襲之後的反應來看，感覺他還聽到了其他一兩個建議。

這次他莫名對我展現出敵意。那種氣勢凌人的態度，簡直就像認定我就是犯人。

這樣的話，比方說……「我正企圖奪取諾托斯家」之類？

不對，不可能。只要稍微想想，就會知道我對這種事情並無所求。如果我真的對這種事感興趣，就不會在魔法都市夏利亞成家立業，而是會更積極地去討好愛麗兒才對。

不過價值觀這種東西因人而異。

越是自己想要的東西，價值就越高。要是聽說有人對其虎視眈眈的話，說不定根本不會懷

疑。喔喔，這麼說來，難道路克想成為諾托斯家的當家嗎？還真是看不出來。

算了，不管路克收到了什麼樣的建議，我也只能暫時放著不管。

至於第二名使徒，大流士．席爾巴．賈尼烏斯上級大臣又是如何呢？奧爾斯帝德也說過，他是使徒的嫌疑非常大。就算說是確定也不為過。

那麼他又收到了什麼樣的建議呢？

至少他應該有收到「愛麗兒正在朝著王宮而來」的情報。

愛麗兒說過，「大流士在國王罹病的當下就應該已經預測到自己會回國」。

但是再怎麼說，敵方的戰力也實在太多。

北帝以及北王。每一個人都是貴重的戰力才對。有可能會把這樣的戰力安排在還不確定會不會來的對手身上嗎？不是要留在自己身邊，用來準備對付第二王子才對嗎？

我方是用轉移魔法陣移動過來的。儘管我不清楚從魔法都市夏利亞把消息傳到阿斯拉王國的速度究竟有多快，但等到情報傳達之後再布署奧貝爾和維．塔在這戒備就太慢了。

進一步補充說明的話，奧貝爾是直接以我為目標攻擊。

不是愛麗兒，而是我。看來他已經得到了我的情報。

難不成大流士盯上的不是愛麗兒，而是我……算了，是誰都無所謂。

仔細想想，對大流士和人神來說，愛麗兒和我都一樣礙事。給建議的方式不需要像路克那樣拐彎抹角，只要丟出詳細的情報就行了。

至於最後的使徒，依舊不清楚是誰。

這次，皮列蒙背叛了愛麗兒。

這會不會是因為人神的建議呢？

不對，根據未來的日記所寫，艾莉絲曾待在皮列蒙的宅邸。艾莉絲是伯雷亞斯，而伯雷亞斯是第一王子派。這麼一想，便覺得就算和人神無關，皮列蒙依舊很有可能背叛。

考量到他能做的事情以及影響力，終究只是大流士的下階互換，因此皮列蒙是使徒的可能性很低。

那會是奧貝爾嗎？

奧貝爾知道我們這邊的隊伍成員，還說「帶了維．塔過來」。

既然如此……不對，這件事大流士也知道吧。

就這次來看，最好別判斷他是不是人神的使徒。

雖說他似乎知道我的存在，但這種事他也能從大流士那邊得知。

不管怎麼樣，奧貝爾還是得打倒才行。

……雖然像這樣想了不少事情，但也沒有釐出什麼結論，也沒能想到什麼劃時代的點子。

不過話又說回來，奧貝爾那傢伙該怎麼說呢，戰鬥方式還挺不可思議的。

不只是魔力附加品，還會運用各種不同的道具。

像是油啊，催淚彈之類……他肯定還有各式各樣的壓箱寶沒使出來。

雖然給人的感覺很裝模作樣，但奧爾斯帝德說他就算直接以劍交鋒，實力也十分了得。

雖然姑且是打聽過情報了，但是聽說和親眼見到還是有很大差異。

我沒有打算大意，而且當時我非得支援基列奴不可，因此我認為自己沒有做錯。但他卻看準了我一瞬間的破綻，繞到了我背後。

雖說我希望下次能確實收拾掉他，但奧爾斯帝德如是說，要收拾掉切換成逃走模式的他相當困難。

他明明那麼顯眼，但跑進森林裡後卻又完全消失不見。

看樣子，北帝的稱號並非浪得虛名。算了，與其叫他北帝還是孔雀劍什麼的，他感覺更像忍者。

不對，就是 NINJA。

原來 NINJA 存在於異世界啊。

那個催淚彈和油什麼的，我要不要也模仿看看呢……

★ ★ ★

繼續移動之後，時間來到了深夜。

我們架設帳篷，和上次一樣，按照順序負責看守和巡邏。

我趁著這機會，向奧爾斯帝德進行第二次報告。
經歷了一次的戰鬥，有許多事情得向他報告。
「讓奧貝爾逃走了嗎？」
「是，非常抱歉。明明我已經詢問過對應方法了……」
「不，沒關係。本來就沒人光用聽的便有辦法妥善應對。況且，也沒有人能收拾打定主意逃跑的奧貝爾。」
決定要撤退之後，奧貝爾的動作變得非常迅速。
他的戰術多變，還使用了我不知道的魔力附加品。奧爾斯帝德似乎知道他會用的所有戰術，但我也不可能全部都能應付。
不過，既然這樣的話，我反而覺得乾脆讓奧爾斯帝德先繞到前面幹掉他比較恰當。
……算了，還是別太依賴別人吧。坐享其成根本解決不了任何問題。
他把對付奧貝爾的工作指派給我。那麼我就得自己完成才行。
「不過話說回來，那個叫維．塔的是什麼人呢？」
「想必是誰叫來的吧。八成是人神的提案。」
「……呃，他是什麼樣的傢伙呢？」
關於對方的戰力，姑且還是應該問一下。
「『光與闇』的維．塔。是奇詭派的北王，卡爾曼三世的弟子。在我印象中，他長年以來都擔任諾托斯家的保鑣。」

諾托斯家的？那他該不會是保羅的師傅吧？

「正如其名，他擅長利用光線來阻礙對手的視線。白天的話就用打磨過的鎧甲和鏡子，到了晚上便用墨汁塗滿全身，利用會冒出黑煙的魔道具與黑暗同化。因此，白天的時候只要弄髒鎧甲，夜晚則用火魔術點亮來對應即可。」

「原來如此。」

一旦揭穿他的技倆，聽起來好像也沒什麼了不起嘛。

「只要用這種方式破解他的技倆，艾莉絲和基列奴應該有辦法對付，但他的劍術本領也絕對不差。別掉以輕心。」

所以這種小家子氣的手段說到底也只是輔助罷了。

也對啦，不可能光是攻擊對手眼睛就能當上北王嘛。

「不過，我不認為只有維·塔。對方或許還僱用了其他幾人。」

「是指北王級別的嗎？」

「八成沒有劍王……但或許有幾名水王、水聖或是劍聖。」

「代表對方打算大量僱用人手，以壓倒性戰力將我們殲滅嗎？」

「不，既然有水神坐鎮，大流士自然也不會僱用那麼多保鑣。頂多再一兩個人。」

因為擁有名為水神的絕對戰力，所以對方也有些掉以輕心了嗎？

雖然人神可能會叫他多僱用一些人……但終究也只是建議嘛。

「但是，目前這個時期，北神三劍士應該都在阿斯拉國內。對方很有可能僱用了他們所有人。」

「北神三劍士……還有那種集團存在啊。」

「嗯，我也先告訴你該如何應付他們吧。」

北神三劍士。自詡為君臨北神流頂點的「四名」劍士。

所有人都擁有奇特的技巧，以及非常引人注目的特徵。

我向奧爾斯帝德請教該如何應付他們之後，切入下一個話題。

「關於路克，請問您怎麼看呢？」

「是不錯的徵兆。人神因為能看得到未來，所以不擅長預測。如果他同時操控複數使徒，就容易產生像這樣的破綻。」

簡而言之，人神給出建議的時候並沒有把使徒之間的連帶關係考慮進去。

這次路克之所以會這麼錯愕，是因為人神給的建議和他給大流士或者是奧貝爾之類的建議與現實互相牴觸。人神的建議或許是正確無誤，但除此之外的部分盡是謊話連篇。

想必他也把對路克說的話修飾成對他有利的謊言。因此才會產生矛盾。

「我認為，人神有可能會切割路克。」

「這個可能性很高。路克的命運很弱。想必人神也對這顆棋子不抱期待吧。充其量只是用來觀察你行動的監視者。不過由於我十分接近你們，監視的功能應該是幾乎無法發揮任何作用。」

「……不過，他明明只能運用三個人當棋子，會做出這麼浪費資源的事情嗎？」

聽到這句話後，奧爾斯帝德擺出不愉快的表情。

「對於能看見一切的人神而言，看不見對手會令他感到恐懼。所以他才會派人監視，除此之外沒有其他理由。」

「……原來如此。」

畢竟以人神的角度來看，就是自己最仰賴的能力被封住了嘛。

要是少了路克，他甚至無法對產生變化的未來進行預測。必須在沒有任何提示的情況下挑戰自己不擅長的事情。這麼一想，他自然不會拋棄路克。這也是為了牽制彼此的行動。

「所以現在暫時不管路克也沒關係嗎？」

「嗯。但還是必須保持警戒。當人神變得想敷衍了事時，多半會讓使徒去做不考慮後果的蠢事。」

「噢……說得也是呢。」

例如，煽動一個悲情的魔術師去挑戰奧爾斯帝德之類的。

「要是他有什麼明顯的大動作，就殺了他。」

「……在那之前，我可以再嘗試和路克接觸一次嗎？」

「你打算說什麼？」

「比方說是否有接觸過人神啦，或是當時聽到什麼樣的建議。可能的話，我希望能說服他別聽信人神的話，或是成為反面間諜。」

「哦……」

但我不覺得自己辦得到。因為路克正在懷疑我。搞不好人神已經對他挑撥離間過了。要是演變成由他選擇相信誰，其實我和路克之間的關係，也沒有要好到讓他願意信任我。畢竟我和路克的關係，也不過是這樣而已。

「……雖然我認為沒有用，你就試試看吧。」

好，得到許可了。接著就是看準時機搭話。

只怕這麼做可能會打草驚蛇。

「目前為止，事情進展得相當順利。人神也無法拿出什麼有效的對策。繼續保持下去。」

「遵命！」

就這樣，定期聯絡結束，我離開奧爾斯帝德身邊。

計畫正在順利進行。這句話的確名副其實。

在赤龍鬍鬚和奧貝爾交手，接著將朵莉絲拉攏為同伴。儘管細部和預期的有些出入，但還不至於必須變更計畫。既然如此，就拿出自信繼續向前邁進即可。

不過雖然心裡明白，但老實說事情進展得太順利，反而讓我感到害怕。

就像路克那件事，會隱約看到某個地方出現了裂痕。

但是奧爾斯帝德似乎不這麼認為。或許是因為他沒有實際在現場親眼看到，還是說他認為或多或少的裂痕只要無視即可？再不然就是我單純想太多了嗎？

我不清楚奧爾斯帝德到底在想什麼。

沒有問題就不要行動，這點我很清楚。魯莽行動的結果，常常會導致事情更加惡化。

在前世時經常聽到與其不做而後悔，不如做了之後再後悔這種話，但是那終究是無論選擇哪條路都會後悔的情況。

維持現狀，這也是一項出色的選擇。

對我而言，可以的話果然還是想選擇比較不會後悔的那邊。

比方說關於愛麗兒和路克，最好還是再深入一點去應對比較妥當。

事實上，我也打算找個時機和路克談談。

儘管我還沒決定詳細該說什麼，而且也說不定會打草驚蛇，但或許還是先提醒他人神的危險性比較妥當。

「……」

雖然不說或許反而比較好。

我想著想著，回到了大家睡覺的地方。裝作若無其事的樣子走出森林，向負責在篝火看守的兩人傳達周圍安全無虞的消息。

今天，和我一起守夜的人是希露菲和隨從克麗妮。

我離開的時間應該還不到三十分鐘吧。

在這三十分鐘之間，篝火旁邊的人影增加了一個，變成三道人影。

是有誰醒過來了嗎？假如是我不在的時候遭到魔物襲擊，起來的或許是艾莉絲或基列奴吧。

但是人影並不大。只比嬌小苗條的希露菲稍微大一些。克麗妮以女性來說算是平均體型，和她大同小異。由於艾莉絲比她們倆都來得高挑，因此不會是她。

那麼，會是隨從埃爾莫亞嗎？為什麼她會在這時候醒來？

當我這麼想著靠近的時候，其中一道人影挺起身子。

「真是個美麗的夜晚呢，魯迪烏斯先生。」

是愛麗兒。她以篝火為背景站在眼前。火光在她美麗的臉龐映照出了陰影。至於希露菲和克麗妮則是一臉困擾。

「要不要稍微陪我散個步呢？」

愛麗兒露出了別有含意的微笑並這樣說道。

第四話「愛麗兒的選擇」

在月光的照耀下，我和愛麗兒漫步在森林之中。

只有我們兩個。不管是希露菲、兩名隨從還是路克都沒有跟來。

愛麗兒自己拿著火把走在前面。要是再繼續往前走，就有可能走到我和奧爾斯帝德碰面的地方。

「自從這趟旅程開始之後，我就一直在想要找個時間，和魯迪烏斯先生兩人單獨聊聊。」

希露菲和克麗妮之所以沒跟過來，是因為愛麗兒阻止她們這麼做。

她說有重要的事情要告訴我，把我帶到森林裡面。

深夜裡的幽會。她想要說什麼呢？肯定不是要我陪她上廁所吧。假如她有不被人看著就無法解放的那種特殊性癖，事到如今我也不會詫異，但實在不明白她為何找我作伴。

後來，我們大概從篝火步行了五分鐘左右吧。

確認已經拉開足夠的距離之後，愛麗兒轉身向我說道：

「由於魯迪烏斯先生似乎想要隱瞞，所以我為你準備了這個機會。」

還是別開玩笑了。愛麗兒是認真想和我交談。

「……是指什麼事呢？」

儘管已大致猜到，但我還是反問回去。於是，愛麗兒臉上依舊掛著無畏的笑容，伸手摸了我的下巴。

我可是禁止觸摸的啊……

「哎呀，你不用那麼著急。畢竟夜晚還很漫長。」

「就算夜晚漫長，能睡覺的時間可是很短的喔。」

「別這麼說，我只是希望魯迪烏斯先生能更放鬆地說話而已。」

愛麗兒一邊說著一邊把手從我身上挪開，在樹根上坐下。

我姑且先發動了魔眼。當然並不是在警戒愛麗兒。

只是在擔心愛麗兒會發生什麼事。

「話說起來，希露菲和艾莉絲小姐的感情似乎相當好呢。」

帶我出來就只是為了聊這個？不對，這只是用來開個話題而已吧。

「……是啊。原本我以為她們會更常吵架，但她們似乎處得相當融洽。」

老實說，我曾擔心艾莉絲會不會為我的家庭帶來混沌和爭執。

以為她和希露菲與洛琪希之間會引發更多衝突。

但是她和家人從來都沒發生過像樣的爭吵。

「前幾天在魯迪烏斯先生去巡視的時候，她們兩人也躺在一起聊了許多話題喔。」

「哦，聊了什麼？」

「艾莉絲小姐說只要交給魯迪烏斯就有辦法解決，大家只要乖乖聽話照辦就行了，相對的，希露菲卻提出反論，說魯迪也會有犯錯的時候，所以得靠我們從旁協助他才行。」

雖然被信賴是很令人開心，但老實說艾莉絲實在太高估我了。而希露菲打算在背後默默支持我的態度也很令人高興。那兩人明明都對我選擇站在奧爾斯帝德這邊而感到不安。但目前為止也沒有特別抱怨或是提出反對意見，只是聽從我的決定。

「她們兩人真的很極端呢。打算站在魯迪烏斯先生身前戰鬥的艾莉絲小姐，以及打算在魯迪烏斯先生背後支持你的希露菲……」

「她們兩人都在我無法顧及的地方為我盡心盡力，是讓我打從內心感激的存在。」

我對她們兩人的感情是源自於感謝，顯然到死之前都不會忘記。

「有趣的是，希露菲彷彿把艾莉絲小姐當成不成材的妹妹這一點吧。」

「不成材的妹妹嗎？」

「是的，而艾莉絲小姐似乎也接受了這件事。雖然不願意，但也會把希露菲說的事情聽進耳裡。」

原來是這樣啊。在她說之前我都沒注意到。

是說，認真想一下，才發現我最近這陣子根本沒和她們兩人好好聊天。

所以才導致視野被限制住了吧。我覺得既然艾莉絲已經習慣這裡的生活那就好，但其實是因為希露菲在我看不見的地方照顧著艾莉絲。

「很有意思呢。明明希露菲比較年輕，個子也比較矮。」

「愛麗兒大人真是觀察入微呢。」

「因為我和魯迪烏斯先生不同，必須看的場所和思考的事情並不多。」

愛麗兒這樣說著，然後便對我拋出媚眼。實在豔麗。但請妳別那麼淺顯易懂地勾引我啊。

「那麼，我很清楚魯迪烏斯先生每天都很忙碌，必須讓視線遍及各個角落，從看得見的事物到看不見的事物都得逐一思考。」

愛麗兒用很刻意的口吻如此說道，然後注視著我的眼睛。要切入正題了嗎？

「我有件事想詢問那樣的魯迪烏斯先生……關於路克，請問你怎麼看？」

路克。是要談路克嗎？

原來不是奧爾斯帝德啊。

「就算妳問我怎麼想……」

我想想，愛麗兒會希望聽到什麼樣的回答呢？

「魯迪烏斯先生的壞毛病又出現了呢。」

「咦？」

「你打算回答我想聽到的答案。有時的確需要那類的話術讓事情變得圓滑。但現在，在這個地方，我不需要那樣的回答喔。」

壞毛病嗎？原來我有那種習慣啊？也對，我感覺自己最近跟別人交談時，的確老是考慮到這點。

不管是對奧爾斯帝德，或者是對人神。

大概不只對他們，我想八成對家人也是如此。

「我──認為路克背叛了我們。」

愛麗兒斬釘截鐵地如此說道。她會覺得路克背叛……果然是因為那句話嗎？

「不過這件事可不能對希露菲她們說呢。」

也對。不過，我還是有點驚訝。

「……我還以為愛麗兒大人應該更信賴路克。」

我以為愛麗兒透過那次的問答，確認了對路克的信任。希露菲也是如此，她認為路克不可能會背叛。而那兩名隨從想必也有相同感受。

「我很信任他啊。」

「……」

「路克沒有理由背叛我。如果他要背叛的話，應該在更早的階段就這麼做了。畢竟路克要是有那個意思，隨時都能趁我不備下手。」

「……那麼是為什麼？」

「就算是那樣的路克，要是被逼到不得不背叛我的窘境，想必他也會這麼做吧。我舉例來說好了……路克對自己的家族感到自豪，或許是因為家人被挾持為人質……」

愛麗兒一臉平靜地說道。

家人被挾持為人質。

原來如此。從這個角度思考的話，就算人神沒有從中介入，也能夠說明路克的言行舉止。

大流士挾持人質威脅路克背叛，然後，因為諾托斯・格雷拉特的士兵襲擊愛麗兒，代表對方打破了約定。這樣想的話，姑且符合邏輯。

從那之後，路克就始終保持沉默，甚至令人害怕。那是在苦惱要回到愛麗兒這邊，還是要繼續跟隨大流士那邊……愛麗兒是這樣認為的嗎？

「所以我才會像這樣詢問你，想聽聽你的看法。這位最近突然決定要助我一臂之力的魯迪烏斯先生。」

而且，愛麗兒或許也在懷疑我吧。因為路克說了一些懷疑我的言論。

那些發言，也可以解釋為是我在唆使路克。

「讓我在這樣的場所回答這個問題真的好嗎？萬一連我也是叛徒的話，說不定會當場取愛麗兒大人的性命喔？」

「如果真是那樣，雖然非常遺憾……但也只是證明我終究沒有看人的眼光。我就乖乖被殺吧。」

她看起來處變不驚。不對，根本就不用思考，因為我沒有背叛。要舉出我沒有背叛的理由很簡單。所以她嘴上雖然像是在懷疑我，但很肯定我是安全牌。

「……我認為路克並沒有背叛。只是被人慫恿了而已。」

「被誰？」

這個問題好難回答。

該搬出人神的名字嗎？直接坦承一切的話要說輕鬆是也沒錯啦……等等，她會像這樣問我問題，表示愛麗兒其實也有可能就是人神的使徒？

不過奧爾斯帝德說不可能……

冷靜點。首先我該考慮的是……

讓愛麗兒知情後的好處以及壞處。

「不過，就算我向魯迪烏斯先生這樣詢問，想必你也難以啟齒吧。畢竟你若是能輕易說出口的話，應該老早就把事情說清楚了才是。」

愛麗兒的下一句話，有著把我的思考打斷的力量。

「所以，是否能請你幫我介紹呢？」

愛麗兒嫣然一笑。在一片黑暗之中，用溫柔的表情露出微笑。

「在背後操控著魯迪烏斯先生的那一位……奧爾斯帝德大人。」

「咦？」

奇怪？怎麼回事？我開始慌了。

她說了奧爾斯帝德的名字？不是在討論路克嗎？

「……妳注意到了嗎？」

「能在那麼湊巧的時機，剛好帶我到圖書迷宮那樣的場所，任誰都能一目了然。」

「……」

「而且，我想要親眼確認奧爾斯帝德大人究竟是站在『哪一邊』。」

她的意思是，奧爾斯帝德站在愛麗兒這邊還是格拉維爾那邊嗎？

請不要用那麼拐彎抹角的方式講話啦。平常那位好說話的愛麗兒大人上哪去了？

「……親眼確認之後，妳打算怎麼做？」

「如果他站在『這一邊』的話，無論他是多麼令人畏懼的人物，我都打算忍耐。」

「忍耐……是嗎？」

「和討厭的傢伙往來，也是王族必要的宿命，我認為應該沒問題。」

是這樣嗎？我倒不覺得奧爾斯帝德的詛咒是這麼容易對付的東西。

「如果他站在『那一邊』呢？」

「我會說服他加入這一邊。」

愛麗兒自信滿滿地這樣說道。真了不起。居然能這樣誇下海口。

「應該就在附近對吧……？奧爾斯帝德大人，或是負責聯絡的人員。」

不過這下也很傷腦筋啊。

這件事也不知道是否能靠我一個人的判斷決定。儘管愛麗兒說她打算忍耐，但奧爾斯帝德的詛咒十分強力。光是看到他就會認定為敵人。就算嘴上說要忍耐，但實際碰面之後，要是連我也被愛麗兒視為敵人看待，不就賠了夫人又折兵嗎？

話雖如此，要是拒絕她的要求，就像是在宣稱我做了什麼虧心事一樣。

至少我們不打算妨礙愛麗兒登上王位。想妨礙愛麗兒邁向成王之道的人是人神，而想要妨礙人神的是我們。

要說明這些感覺也很困難啊。唔～

「毋需煩惱。」

這道聲音從我的背後傳來。

我慌張地轉頭一看，他人就站在那裡。銀髮金瞳的惡鬼……不對，是奧爾斯帝德。

「既然愛麗兒．阿涅摩伊．阿斯拉有對話的念頭，我自然不會拒絕。」

奧爾斯帝德銳利的眼神射向愛麗兒。

被這股視線盯上的愛麗兒猶如遭受電擊一般瞪大雙眼，雙腳顫抖不已……啊啊，怎麼會變成這樣，愛麗兒的腳底已經積起一片水窪。

「啊……啊……」

她的表情因恐懼而扭曲，露出了一張宛如惡夢化為現實般的臉龐。

看樣子玩完了。這下子，我也肯定會被當作叛徒……

「啊啊……」

當我這麼想的瞬間，愛麗兒的表情染上了恍惚神色。

看到那張一臉舒爽的表情，我心裡想著：

看來沒問題。

★　★　★

過了一會兒，愛麗兒重新打起精神。

她現在神色自若，表情一如往常。

髒掉的褲子和內褲，由我用水魔術洗乾淨之後，再用融合了風與火的獨門混合魔術「蒸氣乾燥」烘乾。

這是一種以傷到布料材質為代價急速乾燥的魔術，由於會惹愛夏生氣，在我家被列為禁術。但畢竟這次是緊急狀況，所以也只能出此下策。

……不過話又說回來，我自認也活了一把年紀，但從來沒想到會有洗到公主陛下內褲的這一天。就算在這個世界，昂貴的內褲果然也是用絲綢做的啊……

在我完成這項作業之前，先讓愛麗兒穿著我的長袍。

果然所謂的長袍就是要長呢。

現在，愛麗兒重新穿上了烘乾的內褲和褲子，擺出一副道貌岸然的表情。

我則是重新披回下半身全裸的公主陛下穿過的長袍。感覺散發著一股淡淡的香味，害我都興奮了。這樣不行，或許是因為這幾天都過著與情色無緣的生活，計量表似乎累積了不少。

待會兒再消耗一下吧。現在要忍耐。

就在我做著這些事情的時候，奧爾斯帝德顯得不太自在。

「不好意思，讓您看到難堪的場面了，奧爾斯帝德大人。」

「不，沒關係。」

大致處理完後，愛麗兒向奧爾斯帝德搭話。

儘管她的表情還有些許鐵青，但並沒有對奧爾斯帝德表現出極端的恐懼。

「…………」

「請您不要擺出那麼恐怖的表情。」

「這是我平常的表情。」

「噢，那麼，這就是詛咒的效果對吧？」

「沒錯。」

不過話又說回來，奧爾斯帝德為什麼會出現在這？

算了，這是老大的判斷。現在就觀望這兩個人的對話吧。

「原來如此。我也遇過好幾位神子、咒子……但顯然在這之中，您的詛咒也是出類拔萃地強大。」

「不過，妳似乎知曉該如何克服。」

「畢竟我是阿斯拉王族。要剝離厭惡感什麼的，對我易如反掌。」

「但是，妳內心深處卻還無法完全信任我。」

「是的，正因如此，我才會盼望有這樣對話的機會。」

這段對話就像是在互相牽制，而我則是感覺越來越坐如針氈。

可是我還是認真在旁邊聽比較妥當。雖然從長袍飄散出來的莫名迷人的香味讓人在意，但我必須集中精神。

「請恕我直言。奧爾斯帝德大人，您為什麼願意助我一臂之力呢？」

「因為躲在大流士背後的傢伙，是我的敵人。」

「大流士背後……那是指哥哥？第一王子格拉維爾？」

「不對。」

「那麼您指的是哪一位呢？」

好啦，這問題很難回答喔，老大。

「是自稱為人類之神的邪神……『人神』。」

喔喔，連人神的名字都直接講明啊？奧爾斯帝德打算對她坦承到什麼程度？

其實我認為愛麗兒並非絕對不會與我們為敵。

「所謂的人神（HITOGAMI）就是在神話中出現的，創造神的其中一人……是嗎？」

「那個人神和我戰鬥的人神不一定是同一個人，但那傢伙是這麼自稱的。」

「您的意思是那樣的神……和大流士連成一氣？為了什麼目的？」

「為了殺死妳，讓格拉維爾登基為王。」

「哦……」

愛麗兒聽到後露出目瞪口呆的表情……並用那個表情不慌不忙地轉向我這。

「……原來如此，雖然這件事聽來天馬行空，但從魯迪烏斯先生的表情看來，似乎並非謊言。」

我的臉是測謊器嗎？

難道我這麼容易把想法表現在臉上？其實我自己是打算擺出撲克臉的說。

下次再問問看希露菲好了。問她覺得我的臉如何這樣。

但她多半會回說很帥吧……

「可是，那樣的神為什麼會挑上哥哥……？果然是因為哥哥更加符合身為王者的資格嗎？」

「不，那傢伙之所以行動，是為了更自私的理由。」

「那是什麼理由……請問您方便告訴我嗎？」
奧爾斯帝德望向我，看起來有些面有難色，然後再度轉回去面向愛麗兒。
「距今大約一百年後，阿斯拉王國會陷入重大危機。」
「！」
「到時根據當上國王的人是妳還是格拉維爾，會影響到阿斯拉王國如何對應。」
喂，他好像開始講些我沒聽過的事情了耶。
「假如是格拉維爾當上國王，國家會試圖倚仗武力逃離這個危機。若是由妳當上國王，則會試圖透過魔術逃離這個危機。」
「您說一百年後，但到時我們應該不可能還活著吧……？」
「因為當上國王之後的方針不同。格拉維爾會以偏向武力的方式增強軍備，而妳則是偏向魔力。」
老大，小的我沒有聽過這些話捏。
「一旦依賴武力，阿斯拉王國就會滅亡；如果是魔術，就能存續下來。」
「……」
「人神希望阿斯拉王國滅亡。」
難不成奧爾斯帝德正在說謊？
他在捏造容易欺瞞愛麗兒的內容。

……不過，要是愛麗兒試圖用我的表情來判斷真假的話，馬上會發現這是謊言喔。

「人神他……為什麼希望阿斯拉滅亡呢？」

「因為阿斯拉王國會孕育出能打倒他的人才。」

「他認為那個人很礙事？」

「正是如此。」

愛麗兒擺出了豁然開朗的表情。

「然後，對奧爾斯帝德大人來說，那個人是必要的嗎？」

「對。」

說到這裡，愛麗兒用手托住下巴，擺出了若有所思的表情。

然後用有些困惑的表情望向我。

住手。不要看我！請不要用測謊器！

不對，這時候得擺出撲克臉來支援奧爾斯帝德。

「這個嘛，因為和想像中的答案實在相去甚遠，讓我感到有些困惑。不知道該相信好，還是不相信好……」

她好像認為是謊話。可惡啊！

「妳沒有必要相信我。但是，我可以把妳想知道的事情告訴妳。」

「我想知道的事情……是嗎？」

奧爾斯帝德以高高在上的態度這樣說完，愛麗兒露出了一臉詫異的神情。

「路克．諾托斯．格雷拉特沒有背叛妳。他只是被人神慫恿罷了。」

愛麗兒臉上失去了笑容。

原本像是預設表情一樣掛在臉上的笑容消失了。

「魯迪烏斯先生也曾如此說過，但請問您說的『被慫恿』是指？」

「人神辯稱『這是為了你好』，讓他朝向錯誤的道路前進。」

「路克雖然看起來那樣，但是個聰明的男人，他會那麼輕易就被欺騙嗎？」

「當對方給予的情報對自己有利的時候，人總是會輕易地相信對方。」

奧爾斯帝德倒是從來不給對我有利的情報。

但這和我不信任他是兩回事。

「……這些話一時之間令我有些難以置信……魯迪烏斯先生，請問你的看法如何呢？」

話題突然被拋到我身上了。又要叫我擔任測謊器啊。

不過，我認為這是傑出的一手。如果奧爾斯帝德講的真的是一些子虛烏有的謊言，一旦我無法回答出合乎邏輯的答案，愛麗兒就會當場拆穿這是在說謊。

可是這個問題，我答得出來。

「我曾經被人神操控了很長一段時間。那傢伙在夢中出現，反覆說著一些能讓我得到眼前利益的建議。拜此所賜，我確實得到了許多好處。不過那些都是，那傢伙，為了在最後的最後，背叛我所布的局。我聽從那傢伙的建議，相信那傢伙，卻遭到背叛，最後還被他陷害，非得和奧爾斯帝德大人戰鬥。我認為路克也和以前的我處於類似的狀況。」

我用自己也會嚇一跳的平淡語氣流利地陳述這一切。

愛麗兒以失去笑容的表情傾聽，然後再度面向奧爾斯帝德。

當她想要開口，卻又覺得不對搖了搖頭，接著再次露出了若有所思的表情，思考，不斷思考。

「也就是說……路克並沒有站在大流士那一邊嘍？」

「嗯，路克是在不知不覺的狀況下幫了他們，但他本人顯然沒有意識到這點。」

雖然繞了很大一圈，但愛麗兒最想問的，果然還是有關路克的事啊。

甚至更甚於奧爾斯帝德這番話到底是不是真的……

「……聽到這句話，我就安心了。」

「妳相信我嗎？」

「如果不是在現在這個時機的話，我肯定不會相信吧。但是，有一些部分我也能夠認同。比方魯迪烏斯先生經常在偷偷觀察路克之類……」

我有那麼明顯嗎？

「老實說，我也的確覺得時機過於湊巧……但即使被騙，我也決定試著相信看看。」

愛麗兒斜眼看了我一眼並如此回答。

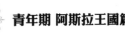

姑且不論奧爾斯帝德，這代表她願意相信我吧。

雖然很令人高興，但內心有點五味雜陳。

「那麼，請問除了路克之外，還有其他人成為了人神的棋子嗎？」

「我認為，大流士恐怕就是其中之一。」

「是最具效果的呢。還有嗎？」

「北帝奧貝爾，或者是水神列妲，其中一個是使徒的可能性很高。」

「所謂的使徒……只有三個人嗎？」

「嗯，不會超過三個。」

「原來如此。」

愛麗兒點頭表示了解。

「換句話說，奧爾斯帝德大人和魯迪烏斯先生的目的，是一邊和這三名使徒戰鬥，同時阻止人神的目的嘍？」

「沒錯。妳理解得很快。」

「我對自己的理解能力相當有自信。」

儘管愛麗兒得意地這樣說道，但臉上卻沒有笑容。她的表情從剛才開始就很僵硬。

「那麼，奧爾斯帝德大人。我有個提案。」

「什麼？」

「既然目的相同，我也打算服從奧爾斯帝德大人的指示。」

「……就算妳是這麼打算，周圍的人也不會聽從。」

「只要不說就行了。即使把靈魂出賣給惡魔，只要任誰都不知情，也無法有半句怨言。」

「……」

啊，被說成是惡魔，奧爾斯帝德感覺有點沮喪。

「如果是為了確實獲得勝利，我就會不擇手段。實力堅強的友軍自然是越多越好。」

「……妳不認為我在說謊，會在最後背叛妳嗎？」

「我並沒有愚蠢到會因為擔心風險而白白浪費機會。」

愛麗兒大人，妳說的話雖然很帥氣，但內心肯定是覺得自己就像是在宣誓要向邪惡大魔王效忠吧。

我在奧爾斯帝德面前下跪時，也有同樣的心情。不過，我們奧爾斯帝德有限公司可是員工福利相當優渥的好企業。可不能因為社長看起來像個壞蛋，就覺得他對待員工也很黑心。

「另外，奧爾斯帝德大人。我希望您能暫時先把路克的事情交給我處理。」

「哦？」

「讓魯迪烏斯先生專心在與人神使徒的戰鬥上面，而我則是致力應付路克和貴族他們。我認為這樣一來可以減輕彼此的負擔，行事自然會更有效率。」

「……也好。既然這樣，路克這件事就交給妳了。可以的話就嘗試說服他，有必要的話就殺了他。」
「遵命。」
愛麗兒向奧爾斯帝德下跪，而奧爾斯帝德則是擺出一如往常的恐怖表情接受她的舉動。

★ ★ ★

我現在的這種心情，應該就是所謂的一頭霧水吧。
當我回過神時，愛麗兒已經成為奧爾斯帝德的屬下。
然後，奧爾斯帝德也坦承了今後的預定，決定和愛麗兒組織共同戰線。
「魯迪烏斯先生。這件事情還請向希露菲她們保密。」
「是，比起那個，妳這樣好嗎？」
「是的。這樣我總算暢快多了。啊，我不是說廁所那件事喔。」
正如愛麗兒所說，她的表情一臉痛快。
「這樣一來，總算能和魯迪烏斯先生在真正的意義下組成協力關係了呢。」
「是啊。」
對我來說，還是有一部分不太放心。
但就算如此，既然奧爾斯帝德要交給愛麗兒負責，那我也只能遵從他的決定。

「愛麗兒大人。」

「什麼事？」

「我話先說在前頭，假如路克那件事有可能危害到希露菲或是艾莉絲的話，我會率先收拾路克。」

「……意思是你不打算服從奧爾斯帝德大人的判斷？」

「我之所以會服從奧爾斯帝德大人，再怎麼說也只是為了保護家人。」

我就趁現在把話說清楚吧。

實際上，我也不清楚狀況會變成怎樣，但既然愛麗兒都自信滿滿地說會設法處理路克那件事，那我也打算交給愛麗兒。

與其我去和他一對一對話，這麼做反而比較妥當。

「我明白了，魯迪烏斯先生。今後也請你多多指教。」

「我才是。」

就這樣，愛麗兒成為了奧爾斯帝德的屬下……我的同事。

而看到我們兩人感情要好地回去後，希露菲理所當然地鼓起臉頰吃醋。

第五話「朵莉絲堤娜」

隔天，我們進入了盜賊團的地盤。

沒有追兵。也感覺不到奧貝爾和其他士兵追來的氣息。大概是以為我們要穿過這座森林的話一定得通過關口，所以在街道前方等著我們吧。

原本人神應該能夠預測這樣的未來。

可是呢，我看了看手臂。

上面戴著刻有龍神徽章的手環。多虧了這玩意兒，人神無法看到有我介入其中後變化的未來。換句話說，我們像這樣通過其他路線的舉動，在人神的預知範圍之外。

話雖如此，就算不能預知也還是有辦法預測。

假如人神有好好記住日記的內容，想必也能預測到我們的行動。

不過基本上，從奧爾斯帝德的語氣聽起來，因為人神總是依賴預知，所以好像不擅長預測。更何況他也不像是會記得細節的那種類型。所以認為人神不記得內容應該不會有錯。

當我在腦內東想西想時，突然間，風向改變了。

「停下來！」

與此同時，走在稍微後面的基列奴揪住了我的肩膀。

「有人。」

聽了基列奴的簡短發言之後，艾莉絲打算走向前面。

我伸手阻止了她。要是讓艾莉絲走在前面，就會變成用拳頭交涉了。

艾莉絲老實地退到了後方……但是，她的視線並非看著前方，而是旁邊。

「我們被包圍了啊……怎麼辦？現在的話還能殺出重圍。」

「妳沒有聽討論的內容嗎？由我去交涉吧。」

「……嗯，我保護公主殿下。」

基列奴簡短地說完，便退到了後方。

我稍微轉頭往後瞄了一眼，基列奴和希露菲正在說些什麼。

當我視線和愛麗兒相交之後，她用眼神示意我「交給你了」。

她的行為舉止表現得像是昨天什麼事都沒發生。她說路克和其他貴族交給她處理，在路上也和路克交頭接耳地說了幾句話……真不知道事情會怎麼發展。

不管怎樣，既然奧爾斯帝德把路克交給她負責，我也只能服從他的判斷。

「……」

我一邊思考著這些事情，一邊等盜賊主動向我們搭話。

我的主張是率先發言的人在對話中比較有利。因此會搶先一步自我介紹，但等對手現身之後再這麼做也不遲。

「……哼。」

艾莉絲在我的正後方待機，同時眼觀八方。
她正以目光追著在森林裡若隱若現的黑影。
今天一整天。不對，是昨天。從遭到襲擊不久之後，她和我之間的距離就變得有點近。
想必是因為我昨天被奧貝爾奇襲，她在提防那種事再度發生吧。
過了一會兒，艾莉絲的視線停止游移。看來包圍網似乎已經完成。
「大約五個人呢。應該有辦法應付。」
艾莉絲小聲地告訴我。妳是什麼時候學會這種搜敵技能的啊？
正當我湧起這種想法，前方的樹叢被撥開，出現了一名男子的身影。
幾乎在同一時間，從周圍的樹蔭、樹上，人影接二連三地出現。
一……五……十……喂喂，艾莉絲小姐，有二十個人耶。說五個人是不是計算得太隨便了？我湧起這樣的想法並望向艾莉絲，她居然給我別開視線。
站在前面的男人披著毛皮背心，鬍鬚沒剃。腰間插著一把山刀，手上拿著火還沒點著的火把。簡而言之就是山賊風格。
他用這邊聽得到的音量大聲喊道：
「回聲會傳來什麼？」
通關密語也已經從奧爾斯帝德那聽說了。
「兔子地窖，以及斑鶇的鳴囀。」

這段黑話，也就是——

「有何來意？」

「要偷渡到國內，另外還有要事找盜賊團的成員。」

這樣的意思。

其他像是買賣人口要講成「育兒的狐狸」，在國內找人的話是「貓之使者」，要殺害通過赤龍鬍鬚的人則是「睡醒的熊」，諸如此類細分成許多暗號。

要是有人不知道這些黑話就誤闖此處，周圍的這些人便會切換成搶匪模式。

「啊……？」

聽到我的回答，山賊氏露出了狐疑的表情。

「斑鶇的雛鳥是？」

「條紋圖案的橡果。」

就是指朵莉絲。山賊氏聽到我如此回答，表情顯得更加疑惑。之後，像是覺得沒差一樣聳了聳肩並舉起單手。

周圍的人影見狀迅速地退下。

「過來。」

簡短地知會一聲之後，山賊氏點燃了火把。

當我對後面打出「ＯＫ」的訊號之後，不知道是不是多心，感覺愛麗兒身邊的氣氛變得緩和了一些。

於是我轉向前方決定前進之後，和艾莉絲四目相接。不知為何她的眼神顯得非常雀躍。

「不愧是魯迪烏斯。」

剛才那段對談之間有哪個部分會讓她覺得很了不起嗎？算了沒差。

「走吧。」

「知道了！」

我們一行跟著森林的盜賊團，朝著深處走去。

他們帶我們來到的場所，是間座落在森林中的寂寥小屋。

外頭還很貼心地設置了用來停靠馬匹的場所，裡面則是有客廳、寢室以及置物間。寢室中擺了三層式的床鋪。儘管床單和毛毯潮濕到好像會冒出蟲子，但姑且還算是張床。

要取名的話，應該就是樵夫的山中小屋吧。

帶我們來到此處的山賊先生向我索取佣金之後，便說道：

「我去帶斑鶇過來。至於偷渡則是在明天清晨行動。要是在這段期間內離開這裡，這件事就沒了。」

告知完這件事後，便離開到某個地方去了。

想必他是要回到基地幫我帶朵莉絲過來吧。

他沒有打聽我們的來歷。是因為像這種地方不會去查探顧客的底細。前提是有錢好辦事。

「呼。」

總之我先放下行李，向在場的人說明今後的預定。

關於清晨時要穿越國境這件事。關於要拜託待會兒來的女子帶路這件事。關於今晚會住在這裡這件事。

「也只能祈禱不要到了清晨，才發現我們被已經出賣給大流士了。」

路克講話的語氣格外嘲諷。

不過關於這點，我也希望如此。正因為目前為止一帆風順，所以反而讓我有預感將要發生討厭的事情。算了，終究只是預感罷了。

「夢想破滅，成為盜賊的慰安婦……是嗎？魯迪烏斯先生，到時候請你務必要讓埃爾莫亞和克麗妮逃走喔。」

愛麗兒以開玩笑的口吻這樣說道。

她明明就知道接下來會發生什麼事……啊，看吧，害我被埃爾莫亞和克麗妮瞪了。

別這樣啦，就算是開玩笑也不要黑我嘛。

「總之，今晚至少能在有屋簷的地方過夜呢。明天開始要穿越國境……想必也得走一些吃力的道路，今晚就好好休息吧。」

聽到愛麗兒這番話後，其他成員也各自開始打理。

愛麗兒看起來相當疲憊，想必是因為還不太習慣在森林裡步行吧。

我原本以為兩名隨從也是如此，但她們倆依舊很有精神。現在也正在幫愛麗兒的腳按摩。據說她們這七年來就是為了這種時候而一路鍛鍊過來的。

路克靠在窗邊，絲毫不敢大意地望著小屋外面，偶爾會對我投以銳利的視線。

他果然還在懷疑我啊？

搞不好他從人神那裡聽說的，是伙伴中有一個人和敵人私通。不過那不是指路克的敵人，而是指人神的敵人才對。

基列奴位於房間一隅，站在能夠環視全體成員的位置。一如往常，只要我把視線望去，她就會以點頭回應。雖然看起來像是什麼暗號，但這個點頭八成沒有意義。

希露菲去了寢室那邊正在打掃。雖說我是沒有關係，但真的打算用那種床單和毛毯睡覺嗎？不對，反正行李裡面有布料，只要能用到床架就行了。

艾莉絲在我的身後，正在保養自己的劍。她一邊露出滿足的笑容一邊磨劍。和劍身散發的不祥光芒搭在一起，怎麼看都像是個危險人物。

算了，某方面來說也算可靠吧。

而我雖然想趁這個時間和奧爾斯帝德取得聯絡……但別人都警告不要離開這裡了，我可沒笨到硬要出門。

總之，我也來檢查自己的裝備吧。

經過了兩個小時左右吧。外面不知不覺間開始下起了雨。

儘管不是像大森林的雨季那般的滂沱大雨，但依舊能聽見斗大的雨滴落在小屋屋頂的滴答聲響。

愛麗兒已經睡著了。她在希露菲整理好的床躺下，不久便發出了鼾聲。隨從埃爾莫亞也跟著進入了寢室，路克則像個守衛一樣站在擋在門口。

希露菲、艾莉絲以及隨從克麗妮三個人小聲地在討論著什麼。

從希露菲和克麗妮偶爾會發出嘻嘻笑聲這點來看，應該不是在聊什麼嚴肅的話題。畢竟要是她們隨時處於緊繃的狀態也不好，適時放鬆也很重要。

基列奴從剛才開始就沒有動靜。她現在也沒有站著，而是坐在入口附近閉目養神。我想應該不是在睡覺才對。

我沒有和其他人對話。所有的裝備都已經檢查完畢，我也變得無事可做。該利用這段空閒時間做什麼好嗎？

「……！」

當我正在思考這件事時，基列奴的耳朵微微抖了一下。

「有人來了。」

宛如呼應她這句話般，艾莉絲挺起身子。她們兩人都把手放在腰間的劍上。房間裡充滿了緊張的氣氛。

過了一會兒，有人用力地敲門。

小屋裡面頓時響起了巨大的碰撞聲。

「……」

基列奴對我使了個眼色。我點頭回應之後，基列奴便把門打開。

進來屋內的，是披著兜帽的女人。她身上披著以魔物的皮製成的雨具。但就算透過雨具，也可以看出她的身材非常豐滿。

「真是的……快點開門啊，慢吞吞的！」

女子一邊咒罵一邊脫下雨具。

她露出了在阿斯拉王國見怪不怪的小麥色頭髮，以及在阿斯拉王國罕見的敞胸衣。真驚人。是不是比艾莉絲還雄偉啊？

「所以，是誰啊？說找我有事的？」

女子環視室內，大聲說道。

「我還以為又是哪個白痴想把我當作娼婦洩欲，但看起來好像不是這麼一回事嘛。快點把事情說清楚如何！我可是很忙的！」

她口氣不悅的大嗓門像是要威懾眾人般迴盪在小屋之中。

艾莉絲皺起了眉頭，而克麗妮送出了責怪的目光。

在我要說些什麼之前，希露菲先發言了。
「呃，不好意思，裡面有一個人正在睡覺。能麻煩妳講話小聲一點嗎？」
「啥！」
就在那個瞬間，女子的心情變得奇差無比。
「在這種大雨中叫人出來！要說的就是要人安靜一點？妳是在瞧不起我嗎！是把我這個『急性子』的朵莉絲小姐當笨蛋耍嗎！」
這個女人好像就是朵莉絲。
和日記上給人的印象不太一樣。我原本以為是更文靜一點的人物。
不過，一見面就突然讓她大發雷霆了啊。
日記上的她似乎相當尊敬我，但那終究是因為我從米里斯教團偷出了聖典。
現在的我和朵莉絲之間毫無交點，但關於這點已經先和奧爾斯帝德商量過該如何應對了。
「唉～嘖！搞什麼啊。開什麼玩笑。我啊，現在心情可差的呢。擲骰子輸給多諾凡，得看他擺一臉臭架子！剛抓來當奴隸的女人對我吐了口水！還在下雨天被人叫出來搞得渾身都溼了！不講要幹嘛的話我可要回去了！你們挑錯日子了！等下次我哪天心情好再說吧！」
除了叫她出來以外，其他事情都跟我們無關吧。
雖說我很想快點切入話題，但現在必須先平息她的怒氣。當我在思考該怎麼開口的時候，路克突然走到前面。他托起朵莉絲的手，用手帕將她額頭上流下的雨水擦乾。

「突然將妳找來，實在深感抱歉，朵莉絲小姐。希望妳務必平息怒火，可以的話，是否能抽出妳寶貴的時間，聽聽我們的請求呢？」

真是裝模作樣的台詞和舉止。

手被托起的朵莉絲因為這突如其來的舉動頓時把嘴巴張得老大。

然而，她的臉轉眼間開始泛紅，並沉下視線。

「好……好吧，既然你都這麼說了，要我聽一下是也可以啦……」

效果絕佳。真厲害啊……這就是帥哥力量嗎？

「……」

路克轉過身子並向我使了個眼色。就像是在表示接下來是我的工作。

看到路克快速離開，朵莉絲像是要挽留他一般出聲搭話：

「那……那個啊。在開始講事情之前，我可以問問……你的名字嗎……？」

「……我叫路克。」

路克沒有報上家名，只是這樣告知後便退到後方。朵莉絲聽到名字後一臉陶醉……不對，反而更像是一臉疑惑。那張臉就像在表示自己好像曾在哪聽過這個名字。

好，接著輪到我了。

「初次見面，朵莉絲小姐。」

我試著擠出最棒的微笑向她打招呼。

「誰啊你？」

於是，朵莉絲疑惑的神情瞬間變化為明顯厭惡的表情。

眼神就像是在看著可疑人物。

看來我還是老樣子，不太擅長擺出笑臉。下次有空的時候是不是該練習一下笑臉呢？找笑起來很好看的傢伙……愛夏還是誰來幫忙吧。算了，到時候再說。

「我叫魯迪烏斯。」

我說完後低頭致意。

朵莉絲盯著我，彷彿要把我全身都巡視過一遍，然後挑起了一邊的眉毛。

「魯迪烏斯啊……好像在哪聽過……啊。」

她在思考途中好像想到了什麼。兩邊眉毛同時往上挑，變化為驚訝的表情。

「是『泥沼』啊。」

唔，她知道我的名字？

「魔法都市夏利亞最凶惡的魔術師，為什麼會在這裡……」

最凶惡……到底是流傳著什麼樣的情報啊？

正當我冒出這種想法，突然響起了「鏗」的一聲。

朵莉絲聽到那聲音後就噤口不言。我也感覺到屁股那一帶癢癢的。

「……」

鏗、鏗的聲音規律地響著。

我朝著發出聲音的方向望去，發現艾莉絲在房間角落露出凶狠的眼神，用指甲敲著劍柄。

宛如用聲音表達警戒。宛如用聲音表達不悅。簡直就像是地盤被人侵入的響尾蛇。

聽到那個聲音，不知道為何讓我渾身顫抖。從屁股往上延伸至頭頂的恐怖顫抖。

「啊，抱歉。」

而且，顫抖的人不只是我。朵莉絲的肩膀也一樣在微微顫抖。

「我……我也不是想過問什麼啦。」

這句話與其是對我說，倒不如說是在向艾莉絲找藉口。

艾莉絲狠狠哼了一聲，不再繼續敲劍柄。那是怎樣啊？好可怕。

「因為幹我們這行的情報就是生命。所以我很清楚危險人物的名字和相貌。」

「我覺得自己並沒有像妳說的那麼危險。」

「哦，的確是這樣。我懂我懂。你是無名的魯迪烏斯，不是坊間有名的『泥沼』。那邊那個女人也不是『狂劍王』，那邊的獸族也不是『黑狼』。這樣可以嗎？」

「……嗯，這樣就好。」

或許我不應該粗心報上姓名。

不過話又說回來，她居然還認識艾莉絲。難不成她也是人神的使徒？

……不對，這就想太多了。她只是透過情報得知有「泥沼」的魯迪烏斯這個人，所以想必也是透過情報，得知「狂劍王」及「黑狼」正與「泥沼」一起行動吧。

要是把每件事都和人神扯在一起的話，會容易出現誤判。

「那麼，這位無名的魯迪烏斯先生，你找國家外郊的小混混朵莉絲小姐有何貴幹呢？」

好啦，該切入正題了。

最終目的是讓她幫忙「揭發大流士的惡行令他下台」。

不過，就算突然提出那樣的要求也只會被她拒絕。

所以，我不能在這時候開門見山地問說「妳是前阿斯拉貴族的朵莉絲堤娜・帕普爾荷斯對吧」。

對手是阿斯拉的大貴族。就算說明我方的立場，說不定也找不到勝算。

凡事都有一定的先後順序。首先就從跟她打好關係開始吧。

然後，在旅行中委轉地把勝算告訴她。

最後，再有意無意地暗示說「要是有讓大流失垮台的方法……比方說有曾經被他當成奴隸使喚的貴族就好了……」。

只要她能因此上鉤自然是好事。要是沒上鉤的話，就用稍微強硬的手段來拜託她吧。好。

「妳該不會是……朵莉絲堤娜・帕普爾荷斯？」

從後面傳來的這個聲音，把我的預定全部打亂了。

我緩緩轉頭望去，眼前站著一名金髮美女。是愛麗兒。

或許是因為她才剛睡醒，頭髮比平常還要稍亂一些，但發出的聲音依舊一如往常，擁有高度的領袖魅力。

朵莉絲一看到她，頓時瞪大雙眼。

「為……為什麼妳會知道那個名字……」

「噢，妳果然是朵莉絲堤娜嗎……那個，妳還記得嗎？在我五歲生日的時候，我們曾經見過一面吧？」

當我正在不知所措的時候，愛麗兒伸手制止了我，然後對我眨了眨眼。意思是要我交給她處理吧。

「愛……愛麗兒大人……！」

朵莉絲瞪大雙眼，用一臉驚訝神色看著愛麗兒。然後大概是在跟記憶做比對吧，她目不轉睛地盯著愛麗兒，接著可能是想起來了，維持著驚訝的表情靜止不動。

「為……為什麼，愛麗兒大人會……在這種地方……？」

朵莉絲雙腳顫抖不已，緩緩在原地跪了下來。

愛麗兒把我推開走到她的面前。

「我收到父王臥病在床的消息才回到這裡，但是哥哥似乎不太歡迎我……」
愛麗兒語帶自嘲口吻笑著回答。把那種事說出來好嗎？
嗯，像我這種傢伙肯定會這麼想……但是像這樣毫無隱瞞地說出來意，才能進一步爭取對方的信任吧。
「啊，原來如此。所以您是為了要安全穿越國境，才會和我們接觸……」
朵莉絲自顧自地理解後點了點頭。說不定她已經掌握了我們在森林中遇襲的情報。
「朵莉絲堤娜才是，妳為何會在這種地方？我聽說妳已經失蹤了才對啊？」
「那是……」
聽到這個提問，朵莉絲一瞬間露出迷惘的神色，但又像是下定決心般開口說道：
「其實——」

後來，事情以勢如破竹之勢進行。
我根本什麼都不必說。朵莉絲彷彿像是在懺悔一般，將至今的人生幾乎都向愛麗兒全盤托出。
小時候被綁架的事情、作為大流士性奴隸生活的事情、被賣給盜賊團的事情，然後，暫時作為盜賊頭目的女人生活的事情。因為頭目的一時興起而讓她開始修行當個盜賊的事情、因為頭目輪替而成為自由之身，直到現在的事情。其中也有相當悲慘的往事，然而朵莉絲既沒有哭也沒有笑，只是不帶感情地說完這些經歷。

愛麗兒為她人生的辛酸而流下了眼淚。

我看得出那是發自內心的眼淚。愛麗兒一邊流著眼淚，一邊向她約定「儘管我無法體會妳的辛酸，但我絕對會讓將妳推入地獄的罪魁禍首遭受天譴」。為此懇求她「希望妳能為大流士把妳當成性奴隸這件事出面作證」。

演技實在逼真。

但朵莉絲沒有馬上允諾。她主張阿斯拉王國是強大的國家，大流士是個狡猾的男人，就算是愛麗兒也沒辦法勝過他。

愛麗兒對此則是嚴加否認。她搬出了希露菲、我、艾莉絲、基列奴，以及佩爾基烏斯的名號，以大流士一旦下台她就能取得王位，藉此說服朵莉絲。

朵莉絲迷惘了。時間大約一個小時。

在經過了漫長，實在非常漫長的沉默之後，她終於首肯此事。

她對神發誓會將愛麗兒平安送到王都，並且幫忙對付大流士。

於是，朵莉絲成為了愛麗兒的同伴。

我什麼都沒做。愛麗兒運用巧妙的話術，漂亮地將朵莉絲拉攏為同伴。

當然，要將朵莉絲吸收為同伴一事，在她跟奧爾斯帝德會面時也已經提過了。然而，我們並沒有特別討論實際上該怎麼做。想必她是看到我拐彎抹角的做法感到坐立不安，所以才決定自己出手吧。

只能說真不愧是愛麗兒。

如同她所宣言的，貴族的事情她會靠自己本身設法解決。

那麼，我也必須好好完成自己的工作才行。

第六話「路上」

隔天早上。我們準備齊全之後，便從小屋出發。

旭日尚未東升，幽暗的森林中鴉雀無聲，一片寂靜。

「好啦，跟我來。」

我們讓朵莉絲走在前面，朝著森林的更深處前進。

由於太陽還沒升起，難以辨別東南西北，但從地面傾斜這點來看，我們似乎正在往山上移動。我們之中沒有任何人多費唇舌，只是默默地前進。

森林十分深邃，甚至讓人認為會無限延伸。

然而，當我們走出某個樹叢之後……

「喔喔……」

森林頓時變得一片開闊，呈現在眼前的是一座巨大的湖泊。

雖然也可以稱為沼澤，但果然還是湖泊。夾在高聳懸崖和高大森林之中的半月形湖泊，水面蔚藍清澈。這並非河川或瀑布一類，應該是湧泉吧。

「在地圖上沒有畫著這樣的地方呢。」

「因為這裡位於遠處看不見的地方嘛。而且這裡由咱們的人在管理，當然不會被標在地圖上啦。」

「哦～」

朵莉絲聽到我的低喃後為我說明。

我們沿著湖泊朝向懸崖走去。

懸崖附近擺放著一座石碑，朵莉絲在那前面詠唱某種咒語之後，面向湖泊的一部分懸崖消失，形成了一座洞窟。

「往這邊喔。地上很滑要小心點。」

朵莉絲就這樣直接走到懸崖下方，沿著湖面邊緣行走進入湖裡。

看來面向懸崖的部分好像形成了淺灘。水深大概只到膝蓋左右。

「魯迪烏斯！我們快走吧！」

艾莉絲看到這樣的情景，雙眼閃閃發亮。

她似乎迫不及待想進入那個洞窟。明明她也已經二十歲了，但是這種地方依舊和以前沒什麼變。相當喜歡冒險。一旦發現有趣的場所就滿心期待想進去一探究竟。

算了，我也很喜歡鑽進狹窄的洞穴，所以沒資格說別人。

「要快一點是沒關係，但妳要小心別讓馬滑倒掉進水裡喔。」

「我知道啦。」

艾莉絲擺出完全沒放在心上的表情，硬是拉著馬兒松風進入了湖裡。

松風看起來不是很想進入湖裡，所以做出了小小抵抗，但還是被艾莉絲硬拉著韁繩拖進了水裡。簡直就像河童啊……艾莉絲玩相撲八成也很強。她會不會喜歡吃小黃瓜啊？不過我從來沒看過她挑食就是。

「魯迪，我們也過去吧。」

「嗯。」

在希露菲的催促下，我們讓艾莉絲走在前面排成一列，牽著馬匹進入水裡。

水很冰冷。在這個時期就冷成這樣，到了冬天的話那還得了。這樣馬之類的不會凍死嗎？不對，到了冬天湖面便會結凍，到時移動說不定更加輕鬆。

由於洞窟的入口是上坡，所以我們很快就從水裡上岸。

「來，大家跟好不要脫隊喔，要是走丟的話會很麻煩的。」

在昏暗的洞窟之中，由拿著火把的朵莉絲帶頭走在前面。

我姑且也先召喚出燈之精靈。當我往背後望去，便跟褲子浸濕而露出困擾神色的愛麗兒四目相接。

「愛麗兒大人。我待會兒再幫妳烘乾。」

「好，我知道。」

愛麗兒雖然表情依舊困擾，但還是擠出笑容回應。

「……」

結果，昨天朵莉絲是愛麗兒舊識這件事，被眾人以「偶然的巧合」為結論定案。感覺就像愛麗兒透過這次偶然相遇，以一貫的領袖魅力成功拉攏她成為同伴。

小屋裡面瀰漫著「真不愧是愛麗兒大人」這樣的氛圍，但不知為何，艾莉絲卻顯得不太高興。

姑且不論艾莉絲在不高興什麼，但愛麗兒似乎是真的願意支援我。

「……魯迪。」

當我正和愛麗兒彼此對望的時候，希露菲從旁邊向我搭話。

「怎麼啦希露菲？我的愛妻啊。」

「別這樣一直盯著愛麗兒大人看，小心我拉你耳朵喔。」

「明白，我只要看著希露菲一個人就行了吧？」

耳朵被拉了。

希露菲看到我和愛麗兒感情變好似乎很不是滋味。明明艾莉絲或洛琪希可以，為什麼愛麗兒不行？她好像也說過七星倒可以勉強通融……

她對花心的定位到底在哪啊？

因為被拉了耳朵，我也從背後親了她耳後回敬她。

洞窟的地板鋪著漂亮的地磚。看樣子這裡似乎是由人工打造。

「從前面開始路會變得比較複雜，所以絕對不要脫隊喔。雖說這裡不太會有魔物出現，但還是得注意可能會從深處跑出來。還有，就算看到遠處有亮光也絕對別跑出去外面。因為外面已經是赤龍的地盤了。」

我們一邊聽著朵莉絲的幾點叮嚀一邊繼續往前。

洞窟內的天花板很高，寬度也很寬敞。然而就如同朵莉絲所說的蜿蜒曲折，岔路也相當多。這不是迷宮，而是人造隧道。

「總覺得很壯觀呢。」

希露菲這樣喃喃自語。

「魯迪，這裡不是迷宮對吧？」

「咦？嗯，應該不是迷宮。」

「這麼巨大的隧道到底是怎麼做出來的呢……你知道嗎？」

被希露菲這樣詢問，我歪頭思考。

「唔……聽說赤龍是在四百年前開始住在這座山上，應該是在那之前，住在這的礦坑族之類留下的遺址……大概吧？」

「啊，對喔……也就是說，這裡應該是非常古老的坑道之類的嘍。」

我和希露菲兩人一邊聊天一邊在洞窟內前進。

而在前方，艾莉絲興味盎然地偷看奇怪的分歧道路，被基列奴拉了回來。

不管怎麼樣，我們至少在有屋頂的地方睡了一晚，所以心情或許也較為放鬆了一些。

「話說回來，魯迪……」

「怎麼了？」

「……沒事，沒什麼。」

希露菲這樣說完後瞄了後方一眼。

愛麗兒等人跟在後面，但距離稍微遠了一些。隊伍整個亂掉了啊……還是別讓彼此的距離拉得太開比較妥當。

雖說魔物不多，但要是脫隊的話可不是開玩笑的。

我們在洞窟中走了相當久的時間。

在沒有日光的地方持續步行，會打亂對時間的感覺。

要是不習慣走路，就算只走了僅僅一個小時，也有可能感覺像是走了三個小時一樣。在不習慣走的場所以及無法分辨當下時間的場所，更是會令疲勞倍增。

我在當冒險者的時候，也經常在沒有陽光的茂密森林之中陷入那樣的感覺。

愛麗兒和兩名隨從開始顯露出些許疲態，整個隊伍也開始瀰漫著「感覺已經不斷趕了好幾天路」的想法。就在這時，朵莉絲在某個盡頭停下腳步。

和入口相同的機關。她進行了同樣的動作之後，眼前的岩石動了……強烈的陽光頓時照射進來。

是外面。

我瞇起眼睛，透過久違的陽光環視周圍。

穿過洞窟之後，呈現在眼前的是一座森林。

儘管綠意盎然，但依舊能看得見天空。

從太陽的位置來看，時間應該剛過正午。從出發的時間推算，我們大概走了八個小時吧。

走出洞外之後，朵莉絲走了幾步便轉過身子，朝向因久違的陽光而瞇起眼睛的成員揚起嘴角，以裝模作樣的口吻如此說道：

「歡迎來到阿斯拉王國。」

就這樣，我們成功侵入了阿斯拉王國。

洞窟的出口似乎位於國境的東南方。

只要從這裡往南方移動，就是多納提領地。若是往東南方移動，則是菲托亞領地。我們的目的地是王都，位在比多納提領地更南方的地方。

休息片刻之後，我們朝向森林外前進。

朵莉絲催促我們稍微加快腳步。之所以這麼做，是因為從早晨到傍晚是偷渡入國的時間。而從傍晚到深夜則是偷渡出國的時間。要是在路上跟另一組人馬擦身而過，好像會惹盜賊團的頭目生氣。當初會讓我們在那間小屋等待，也是因為時間上的關係。

儘管我們中間穿插了幾次休息，也總算穿越森林。接著為了要穿過多納提領地再度開始移動。

當然，我們不會走大路，而是抄小路前進。

雖說是小路，也不是做虧心事的人才會走的路。除了互相連接城鎮的街道以外，也存在著讓附近居民方便使用的小巷子。在平常的話，要好一陣子才會有一台貨車通過這條鄉間小路，因此當公主搭乘的馬車通過時，當地居民都投以了稀奇的目光。

儘管這是條甚至沒有記載在地圖上的道路，但朵莉絲對這種小路十分熟悉，因此我們沒有迷路順利地移動。多虧這點，才沒有遭到奧貝爾的襲擊……雖然也能這麼認為，但無法保證人神尚未掌握我們的位置。應該要視為他把戰力都集中在王都或是王宮那一帶。

這部分是人神的判斷，或者是大流士的判斷呢……算了，不管怎樣都不能疏忽大意。

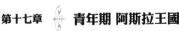

移動的路上，我們通過了菲托亞領地附近。
自從開始復興後也過了幾年，如今小麥田隨處可見。人們的臉上看起來也找回了活力。
但是，這依舊不是存在於我們記憶之中，那片有如金色大海一般的小麥田。要重新看到那樣的光景，或許還需要花上十年的時間。
艾莉絲和希露菲兩個人的馬匹並行，眺望著眼前這廣闊的草原和小麥田。
她們兩人的表情恰好相反。
一臉懷念的希露菲。一臉不屑的艾莉絲。
「比之前經過時增加了更多農田呢。」
「是嗎？我不記得了。」
「希望能快點復興就好了呢。」
「……哼，怎樣都好啦。」
艾莉絲把嘴巴抿得死緊，把臉用力別向旁邊。
「怎麼會是怎樣都好呢？這裡終究是我們的故鄉啊。雖然我沒想過要回來……但艾莉絲至少也有認識的人在這裡吧？」
「沒有。因為我很惹人厭。」
「話說起來，我也被別人討厭呢……」
希露菲這樣說完，懷念地眯起了眼睛。

真令人懷念啊。雖然她們倆都曾有過孤獨的時期，但卻完全相反。被人欺負，像個縮頭烏龜一樣的希露菲；在被欺負之前就把對手痛毆一頓，因此遭到疏遠的艾莉絲。要是當時她們倆搭在一起，是不是能讓彼此剛好互補呢？

……不，沒辦法。

我只想得到艾莉絲把希露菲揍哭的光景。儘管現在的艾莉絲多少能夠分辨對錯，但當時可不是這麼一回事。

要是和那個艾莉絲一起行動，希露菲肯定會過著宛如地獄般的生活。就像是每天被○虎欺負的○雄那樣的日常。如果是現在的希露菲，倒是有變成○夫的實力也說不定。（註：出自《哆啦A夢》）

「希露菲，我先講清楚喔。」

當我正在胡思亂想時，艾莉絲喃喃說出心聲。

「怎麼了，艾莉絲？」

「就算我留在那裡，反正也什麼都辦不到。」

「……？」

希露菲微微歪了頭。簡直像松鼠一樣惹人憐愛。

「啊，對喔。艾莉絲是領主大人那邊的公主吧？我不小心忘了。」

「哼，反正只是花瓶啦。」

「可是妳有那種風範喔。現在的艾莉絲就算當上領主，應該也很適合喔。」
「……是嗎？」
艾莉絲的心情變好了。單純是件好事。
「不過，我也不是很想成為領主。反正我肯定做不來。」
「畢竟艾莉絲還是適合揮劍嘛。」
「對吧？」
希露菲不斷地對艾莉絲阿諛奉承。
「不過，要是稍微有些不同的話，艾莉絲也有可能在阿斯拉王國當個貴族呢。」
「才不會。」
「魯迪擁立艾莉絲，進而在背後操控一切的那種感覺。因為是魯迪，我想沒兩三下就能把艾莉絲推上伯雷亞斯的當家位置。」
希露菲葉特小姐，妳這下又把魯迪烏斯捧得太高了喔。
「然後啊，魯迪會來勾引我，接近愛麗兒大人。伯雷亞斯會成為愛麗兒派，把艾莉絲和魯迪納為同伴，然後再和大流士或是格拉維爾戰鬥。」
居然說勾引。
希露菲在那種狀況下會想被我勾引啊。是說，如果在那種狀況下，我和希露菲就不會相遇了吧？算了，反正只是妄想，沒差。

「我覺得和現在沒什麼兩樣啊……」

「艾莉絲是伯雷亞斯的當家，魯迪則是妳的副手。我覺得肯定很適合你們……」

「我只要能每天揮劍，然後和魯迪烏斯生小孩就好。」

艾莉絲臉不紅氣不喘地說出這樣的話。居然說要生小孩……在旁邊聽的我都害羞了。

這是性騷擾。

「希露菲光這樣的話不能滿足嗎？」

「很滿足啊。老實說，我覺得現在已經過著超乎我想像的美滿生活了喔。」

「……」

「剛結婚的那陣子，不管是我和還是魯迪都像個猴子。當家裡只有我們兩人獨處時，魯迪都會露出很色的表情把我帶進寢室。我自己也是，一想到今天也會被魯迪疼愛就覺得小鹿亂撞……不對，這不是在大白天該說的話呢。」

嗯，沒錯。可以的話我希望妳別再說下去了。

艾莉絲或許是在嫉妒吧，從剛剛開始就吊起眼角。今晚她可能會露出很色的表情把我拖到草叢裡面。雖然我是非常歡迎，但這樣可就傷腦筋了。

畢竟現在沒有做那種事的餘裕。

「說不定就是因為我很滿意現狀，所以才會妄想其他的可能性呢。」

「……如果我也生了小孩，也會變成那樣嗎？」

「艾莉絲和魯迪的小孩啊～肯定會變成很色的小孩。」

「那是什麼意思啦……」

如果繼承我的遺傳基因，感覺毫無疑問地會變成好色之徒。

這麼一來，我會擔心露西的未來。就算希露菲沒有那麼好色，她的祖母可是艾莉娜麗潔。說不定會因為混入我的遺傳基因而出現返祖現象，成長為一個到處偷吃純樸少年的女孩。好，盡可能在早期階段對她嚴加灌輸道德教育吧。

「真希望快點有呢。」

「馬上就會有了啦。畢竟艾莉絲是人族，肯定比我這種人的契合度更好。」

希露菲葉特小姐又說了「比我這種人」這種自虐的話了。

至少我們的身體契合度可是出類拔萃的說。我身上的猛獸，現在也虎視眈眈地垂涎希露菲的身體，想跟她生個第二胎呢。

「不過現在與其生小孩，更重要的是保護魯迪烏斯。」

「說得也對。」

之後她們也繼續聊著天，內容稀鬆平常。像是回到家後，希露菲要教艾莉絲煮菜，或是猜測洛琪希現在在做什麼，菲托亞領地有很多美食之類。儘管希露菲說了很多這種沒有內容又隨性的話題，但艾莉絲並沒有說太多話，就算要講好聽點，或許也很難認為她們聊得很投機。

不過，我聽到這段對話應答卻覺得很舒服，從後面抱住希露菲的這個姿勢讓我有股安心感油然而生。

雖然明知敵人不知何時會從哪裡發動襲擊，但我卻似乎快打盹了。

★
★
★

我們花費了十幾天進行移動，在名叫里凱特的城鎮過夜。

這裡位於多納提領地的邊陲，是連結阿斯拉王國領地的大型城鎮，同時也是負責將北方物資運送至南方，南方物資運送至北方的城鎮之一。

兩者相較之下，從南部將物資運送到北部的旅行商人並不多。因此，多納提領地聚集了許多各村的村長。把自己收成的東西賣到南方，在此處買下各地的收穫物。感覺就像是阿斯拉王國內的重要貿易地點。

不過話又說回來，真不愧是阿斯拉王國。就連這種像轉乘站的城鎮也比魔法都市夏利亞還要來得大。

原本我們打算在靠近王都之前都隱藏行蹤。我們在各村收集情報時，也沒看到追兵有任何動向。既然這裡是這麼大的城鎮，敵方顯然也不缺藏身之處和襲擊場所。

但反過來說，我們也不愁沒地方藏身。原本我是這麼想，但遺憾的是我們很醒目。

儘管愛麗兒沒有拋頭露面，但是我們一行人有基列奴、艾莉絲以及希露菲等外表非常引人注目的成員。在阿斯拉王國境內，連路克也是知名人士。

然而，我們不得不行經這個城鎮。

朵莉絲的確是熟門熟路，但並非有本事開闢新道路。而且「所謂道路，自然是四通八達啊」。我試著用詩句來表現了，這點小事對我輕而易舉。總之從多納提領地連結到王都的道路，只能從這個城鎮移動過去。

正因這裡有著如此的地理位置，在這個城鎮遭到襲擊的可能性很高。是僅次於關口的檢查點。

雖然我是這麼認為……

但我們在城鎮入口沒有被衛兵叫住，在鎮上也沒有足以擋住整條路的鎧甲士兵阻擋我們的去路。在朵莉絲的帶領下，順利移動到非常適合用來藏身的旅社。

這旅社乍看之下很普通，但卻是僅由與朵莉絲組織相關的成員所營運的流氓旅社。前後左右的建築物全都是組織的所有物，有個萬一時也能用地下通道逃脫。

儼然是個忍者宅邸。

於是，愛麗兒留在旅社閉門不出，朵莉絲出外收集情報。而剩下的成員則是擔任愛麗兒的護衛。

目前我和基列奴看守一樓樓梯，艾莉絲和希露菲待在二樓看守愛麗兒的房間，各自有負責的工作。

兩名隨從喬裝後出門購物，路克則是和愛麗兒一起待在房間。

儘管我認為事不至此，但還是祈禱路克別一時鬼迷心竅刺殺愛麗兒。

就算他鬼迷心竅，也希望只是推倒愛麗兒就好……

不過話又說回來……我望向基列奴。

「……」

她站在樓梯旁邊，豎起耳朵望向入口處。

我最近這陣子鮮少和基列奴交談。她比我還更認真地從事護衛這份職責。就算像現在這樣在看守時向她搭話，也只會說聽不到聲音還什麼的，單方面結束對話。

我甚至在心裡湧起了一股或許被她討厭了的想法。

但是，從她和艾莉絲也幾乎沒有像樣的對話這點來看，她只是很認真而已。

「魯迪烏斯。」

然而，她今天卻主動找我搭話。

「是，有什麼事嗎？」

「上次謝謝你。」

……上次……是指什麼時候的事啊？

「就是破解維．塔的障眼法那件事。」

喔喔，是在森林戰鬥那次啊。

「不會，因為支援就是後衛的職責。」

「在那種狀況下還能靈機一動想出辦法，你和以前沒什麼變啊。」

她說以前，是距今十年前嗎……我自認和當時相比已經改變了不少，但從基列奴的角度看來，並沒有那麼大的變化嗎？

「我只是會靈機一動，但多半沒辦法管用。」

「遇上不管用的對手，只要拜託艾莉絲大小姐就好。」

哎呀？想不到基列奴居然會說這種話。該怎麼說，我以為她是那種會靠自己設法解決的類型。

「因為艾莉絲大小姐就是為了這個目的而努力過來的。」

「……說得也對。」

該怎麼說呢。

其實我希望希露菲或是洛琪希能一直待在家裡，但不知為何，卻不會對艾莉絲有這種想法。想必是因為就如基列奴所說，艾莉絲就是為此而努力到現在吧。

能夠發揮成果，才有努力的代價。

雖說我也無法想像艾莉絲老實待在家裡的模樣。

話說回來，艾莉絲說自己想要個小孩，但她在懷孕期間會老實待在家嗎？

真令人擔心啊……

「……」

結果，對話到此中斷了。

怎麼辦？該說些什麼才好？以前的事，我想想，呃……

「話說回來，像是讀書寫字的練習，妳還有在繼續嗎？」

「嗯，我有照你教的，有空的時候就會練習。畢竟你好不容易才教會我，要是忘了可對你不好意思。」

真是良好的心態。真希望幾乎已經忘光的艾莉絲也能向她學習。

「我學會寫字這件事，劍之聖地那群人倒是不太相信呢。」

「不過，實際上妳的確會寫，所以他們應該馬上就相信了吧？」

「……不，那群人其實也幾乎都不會讀寫，所以實際寫給他們看之後，卻反而笑我說只是在隨便鬼畫符。」

「哈哈。」

那樣的光景倒是令人有點想看。

「那你如何？還有好好在揮劍嗎？」

「還可以啦。有餘裕的時候就當作鍛鍊體力，做空揮練習和妳教導給我的型。」

「因為你是魔術師，我以為你老早就放棄了。」

「就算是魔術師，也是需要肌肉呢。」
我已經放棄在劍術上繼續深造了。以前當作目標的保羅如今已不在人世，劍術頂多是能稍微教導諾倫的程度。無法纏繞鬥氣對於在這個世界學劍的人果然是致命傷。
「對了，魯迪烏斯。你還記得以前的約定嗎？」
「以前的約定？」
「你忘了嗎？就是說好要做我的人偶那件事。」
啊，話說起來是有過這回事。那是在我十歲生日的時候嗎？真令人懷念。
「雖然是從別人那聽來的，但你現在還有在做人偶對吧？要是有空就幫我做一個。」
「嗯，當然。」
「雖然我不太懂藝術，但我喜歡你做的人偶。」
這聽起來是很感激啦……但為什麼這世界的人都要在開戰前講這種話啊？總覺得開始感到不安了，這該不會是插了死旗吧？
不對，我懂。
正好相反。
因為我有前世的知識，才會認為在決戰前講決戰後的事情是插死旗的行為。
但是反了。
要是不能好好確認自己活下來的理由，在緊要關頭將是決定生死的分水嶺。

「嗯？」

突然間，基列奴的鼻子和耳朵抽動了一下。

我馬上架起魔杖，擺出警戒姿勢，但卻被基列奴伸手制止。

「不，沒問題。」

是朵莉絲。

打開門進入旅社的她手上拿著袋子，用腳把門關上。然後大搖大擺地朝我們的方向走來，並遞出了其中一個袋子。

「辛苦了。來，這是慰勞品。」

「謝謝妳。」

「可要帶著對朵莉絲姊姊的感謝吃下去啊。」

我收下袋子拿來一看，發現裡面放著類似梨子的水果。

從裡面取出一顆交給基列奴後，她皮也沒剝就馬上開始大快朵頤了起來。

「好啦，加油啊。」

朵莉絲揮了揮手，走上了旅社的二樓。

她經過這十幾天的時間，也已經很習慣跟我們一行人相處了。

要分類的話，和兩位隨從一樣，都是愛麗兒的信徒。

雖然嘴巴有點惡毒，但並非壞人。頂多是因為穿著很暴露的衣服，讓我的眼睛不知道該往哪擺。

儘管就露出度這點來看，和基列奴並沒有很大不同，不過這邊是戰士的美學。肌肉就是藝術。

「朵莉絲今天看起來心情不錯。」

「是啊，發生了什麼事嗎？」

我一邊答腔一邊拿起一顆梨子。

在用小刀削皮之後，再咬下一口。這種水果口感清脆，但味道不太甜，偏酸。這個世界的水果好像都不太適合直接拿來吃。

算了，也不到難吃。

「想必是得到了什麼好情報吧。基斯也是那樣，那類型的人在這種時候心情都會變得莫名地好。」

「原來如此。」

愛麗兒讓朵莉絲到處去收集情報。

從奧貝爾與大流士私兵的所在位置，到其他大小事情。只要有在意的事情就要全部向自己報告。接著她會整理那些龐大的情報並進行取捨，再找我一起討論。

由於情報是由愛麗兒挑選，有可能會讓我漏聽自己認為重要的情報……但這也是無可奈何，關於這點也只能妥協了。反正我也沒有優秀到能夠掌控一切。

我只能透過目前的情報，盡可能地想出對策。

「話說起來，基斯說過要去阿斯拉王國。說不定我們能在哪遇見他呢。」

「要是在的話，想必他會主動找上我們吧。」

也對，基斯就是那種類型。

會自己先找到我們，但卻不會在當下馬上接觸，而是會刻意演出一場感動的重逢戲碼。

「不過要是他的話，八成馬上就因為賭博欠了一屁股債，移動到其他國家了才對。」

「我記得基斯他很會賭博啊。」

「只有在沒錢的時候。」

雖然這件事是我從洛琪希那聽來的，但所謂的阿斯拉王國似乎並不是很適合冒險者居住的國家。

這裡原本魔物就不多，再加上連小村子也會派遣騎士駐守，騎士團和魔術師團也會以演習和研修為由定期狩獵魔物。因此討伐類的委託等同於沒有。

而大型商會會自行組織採收團，所以也不會有採集和收集的委託，再加上危險地帶也不多，因此也不會有護衛的委託。

說到這裡有的，只剩下找人或是送貨這種既平凡又花時間的工作。

根據時期好像也會有幫忙農業的委託，但總而言之，和其他國家相較之下「冒險者的工作」相當少。

而越靠近身為首都的王都亞爾斯，這個傾向越為顯著，據說儘管年輕人之中夢想成為冒險者占有一定比重，然而隨著冒險者層級上升，就會移動到菲托亞領地以及多納提領地這種地區，要是層級繼續上升，便會移動到南部或是北部。

如果有一般人程度以上的實力，或是有受過良好的教育，聽說也能求得一份家庭教師或是保鑣的工作。但那種人僅是一小部分，基本上也不需要冒險者的身分。

簡而言之，阿斯拉王國這個國家，關於冒險者要做的事情幾乎都已經有專門的業者在負責，因此不需要身分不明的草莽之徒。

所以自然不難理解為何冒險者公會的本部會設在米里斯神聖國。

「……？」

在談論這些事情後，基列奴的耳朵又抽動了。

她的表情有些嚴肅。這次或許真的是敵襲。我將梨子的殘渣扔掉，握起魔杖緊盯入口。

然而，基列奴看著的卻不是入口的門。

是樓梯上面。我豎起耳朵傾聽之後，才聽到從樓梯上傳來爭吵的聲音。

怎麼回事？

「我去看一下。」

「嗯。」

我一走上樓梯，便發現希露菲和艾莉絲正用擔心的表情望著門。

想必是出了什麼問題吧。

「希露菲。」

「啊，魯迪。剛才朵莉絲小姐回來之後，不知道為什麼，愛麗兒大人和路克就開始吵架了。」

「……」

愛麗兒和路克吵架？喂喂，不是說路克的事情就交給妳嗎……

不對，吵架偶爾也是重要的溝通？

「打擾了，我是魯迪烏斯。要進去了。」

我姑且敲了門，但沒有等對方回答便逕自走進房內。

映入眼簾的是臉色蒼白地站著的路克，若無其事地坐在椅子上的愛麗兒，以及一臉困擾的朵莉絲。

「魯迪烏斯先生，你來得正是時候。」

愛麗兒看到我之後，以老神在在的表情這樣說道。

「發生了什麼事嗎？」

「是的，朵莉絲帶情報回來了。」

把那份情報帶回來的朵莉絲卻露出了困擾的表情。

「那是什麼樣的情報呢？」

「……是有關紹羅斯・伯雷亞斯・格雷拉特的情報。」

紹羅斯的。換句話說，是和她與基列奴的約定有關嘍？

原來她讓朵莉絲去調查了啊。

「在阿斯拉王宮發生的事，比起在王都，反而是這種地方都市的人士會更加清楚內幕。畢竟要是知曉了不該知道的事情還住在王都，很有可能會被對此感到不安的貴族殺害呢。」

原來有這一層緣由啊。

「然後，我已經知道陷害紹羅斯大人的主謀是誰了。」

「主謀……是嗎？」

「……」

路克露出凶狠的表情。愛麗兒面無表情，臉上不帶一絲感情。

「果然是我們陣營的人所動的手腳。而且，還是和紹羅斯大人有私人恩怨的人物……」

愛麗兒毫不遲疑地說出名字。

「是皮列蒙・諾托斯・格雷拉特。」

皮列蒙殺了紹羅斯。

也對，這並不意外。諾托斯曾是愛麗兒派的第一貴族。相反的，伯雷亞斯是格拉維爾派，互為政敵。

而且，要是皮列蒙私底下很討厭紹羅斯的話，肯定會趁這個機會下手。

話雖如此，其實我也猜到了。

再怎麼說，紹羅斯當時也還是領主。

就算失去領地，只要有第一王子派的庇護，再怎麼說也不會垮台才對。除非……策劃這件事的人是擁有同樣影響力的貴族。

「……那麼，愛麗兒大人打算怎麼處置？」

「我會遵守約定，讓基列奴殺了他。」

路克聽見這句話後緊咬嘴唇。

原來如此，所以他才會那麼憤慨嗎？不過愛麗兒也知道路克很重視家人，真虧她能當面講出這種話。這樣一來，簡直就像是在說與其選擇路克，反而會選擇基列奴啊。

「然而，那僅限於皮列蒙大人……諾托斯家真的背叛了我的情況下。畢竟目前不過還是情報階段，並非完全確定。」

「…………」

「如果皮列蒙真的背叛，我打算下令處刑，並任命路克為新的當家。」

「如果他沒有背叛的話呢？」

「我會說服基列奴，讓她用其他人將就。」

「其他人……」

啊啊，我懂了。皮列蒙只是主謀，代表還有其他共犯。

讓自己人活下來，其他人就殺了。雖然相當自私但也無可奈何。

就算是我，也沒有餘裕去顧及視野之外的人，況且我也不是聖人。

「路克，這樣可以嗎？」

「……不管是背叛還是主謀，目前都還不能完全肯定。」

路克露出了苦澀的表情。他的表情就像在說儘管頭腦可以理解，但內心卻無法接受。

聽到親人要被殺害也沒有大喊大叫。

「或許是有某個人打算陷害我們……」

他邊這樣說著邊瞄了我一眼。

「路克，放心吧。就如我之前所說的，魯迪烏斯先生不會篡奪諾托斯家。」

「愛麗兒大人，不能在魯迪烏斯前面提這些話……！」

「不對，正因為在本人面前，才必須把話好好說清楚。」

愛麗兒重重吸了一口氣後，像要宣言一般如此說道。

「即使魯迪烏斯先生在這次的戰鬥中立下莫大功績，我也完全不打算授予他貴族爵位。」

我也不打算接受。那種事根本想也沒想過。

「……」

但是，路克聽到這件事時的表情。

那張臉簡直像是咬定我已經正式成為敵人一樣。

「……」

我承受這道視線，煩惱該以什麼表情做出回應。

我現在的表情，以及接下來說出口的話，想必會影響路克今後的行動。

就看是否會成為害群之馬……

「路克，關於這件事，我們兩個人單獨談談吧。」

但是在我打算說些什麼之前，愛麗兒已經搶先這樣回答。

「魯迪烏斯先生，這樣沒問題吧？」

「當然沒問題。」

愛麗兒說路克就交給她負責。

那麼，現在就讓她放手一搏吧。

一想到這，我便目送他們兩人從房間離開。

當天晚上，愛麗兒傳來了報告。

多虧兩人獨處對話，路克總算是坦承了一切。

以結論上來說，路克果然收到了人神的建議。

路克收到的建議只有一個。

時間是在準備旅行的那段期間。

概略來說，聽說就是「要注意魯迪烏斯背叛」這件事。
照人神的說法，魯迪烏斯為了要當上諾托斯家的領主，已經靠攏大流士那一邊了。
目的是地位、金錢和愛麗兒的肉體。這部分似乎是在希露菲沒注意到的狀況下暗中進行。
我白天會假裝是愛麗兒的同伴並誘導她掉入陷阱，半夜會和大流士那邊的間諜取得聯絡通風報信。據說我從好幾年前開始就祕密地策劃了這一切。之所以和希露菲結婚，也是為了下這一步棋所做的布局。
這個魯迪烏斯不僅擅長疏通關係又能幹。甚至希望他能和我交換呢。假如我能那麼冷酷地處理事情，人生應該能活得更加快樂吧。
路克一開始似乎也不相信這件事，主張「我不認為魯迪烏斯對地位感興趣」。
雖說我不認為自己那麼受他信任，但這也多虧了我平常的作為吧，
但是，像是最近發生的轉移魔法陣遭到破壞，以及諾托斯家的背叛等等，開始一一應驗了人神的預言。走到這地步，路克對我的信任也脆弱地崩壞。他很乾脆地就相信了人神，開始對我抱著懷疑的眼光。
順便說一下，他現在似乎也還在懷疑我。
愛麗兒轉告我，要洗刷嫌疑就得以行動來表示。
她充滿自信地說，無論路克今後打算做什麼都能夠制止他。
也罷，如果路克收到的建議只有這種程度，暫時應該能夠放心吧。

實際上，大流士什麼的我根本連見都沒見過，對保羅的老家也不感興趣，愛麗兒的肉體對我也不是特別需要。就算路克再怎麼懷疑我，都是些不可能會成真的謊言。

這建議以人神來說相當拙劣。

我可以理解奧爾斯帝德為何說那傢伙對路克不抱期待了。

但不管怎麼說，就算話術拙劣成這樣，被懷疑的我想必也打聽不出任何情報。

適才適所果然很重要。

★　★　★

隔天，我們離開了里凱特鎮。

路克敵視著我，為了極力避免我和愛麗兒兩人獨處而行動。想必是愛麗兒宣言不會讓我成為貴族，讓他以為我會殺了愛麗兒，將首級送到格拉維爾身邊吧。

然而，被這樣誤解其實也沒有壞處。

我可以猜測到路克的想法，進一步限制路克的行動，因此在旅程中最需要擔心的事情就少了一件。

儘管不知道愛麗兒是不是甚至預料到了這點，但確實該稱讚她的交際手腕。

對了對了，然後關於紹羅斯的仇，已經由愛麗兒親口告訴基列奴和艾莉絲了。

「——以上，因此非常有可能是我方陣營的人陷害了紹羅斯大人。」
「這樣啊。」
「是喔。」
基列奴露出充滿殺意的眼神，艾莉絲則是毫無興趣的眼神。
不過只要看了艾莉絲放在腰間那把劍上的手，就可以明白她對這段對話並非絲毫沒有任何興趣。
握住劍柄的手指，用力到甚至讓整個指頭失去血色。
「基列奴，妳要砍了我嗎？」
「……不會。我就砍了妳幫忙準備好的敵人吧。」
基列奴似乎並不是非得要砍死皮列蒙。
我原本以為還有必要說服她，但想必這是基列奴以她自己的方式思考後得到的結果。
艾莉絲雖然不發一語，但也像是在附和基列奴這番話似的點頭。
「也對，如果是會妨礙魯迪烏斯的對手，那我也會砍死。」
艾莉絲一如往常。
再來，就只需要在王都做個了斷。
我思考著這些事情，時間已過了約二十天。
一路上通過幾條迂迴的路線，如今我們終於抵達了阿斯拉王國首都——

王都亞爾斯。

第七話「王都亞爾斯」

王都亞爾斯。

為世界最大的都市。以帶領人族在人魔大戰中勝利的勇者命名的城鎮。

首次親眼見到這座城鎮的人們，往往無法隱藏心中的驚愕。聳立在山丘之上的莊嚴王城——銀之宮。環繞著城堡的上級貴族們居住的巨大宅邸。再來是將這些包圍起來，猶如要塞般的城牆，以及從該處無限延伸的寬廣街景。

巨大的鬥技場。豪華的騎士團訓練場。聖米里斯教團的美麗神殿。遍布城鎮各處的陸橋。世界最大商社的本部。水神流宗家的道場。劇場林立的歌劇院街。飄盪著女性妖豔魅力的花街。為紀念拉普拉斯戰役勝利而蓋的門……

城鎮向著遠方無限延伸，無法盡收眼底。跨越有如母親的阿爾堤爾河，無邊無際，浩瀚無窮……

這就是甚至被譽為擁有這世上的一切，人族中歷史最悠久的城鎮。

節錄自冒險家布萊迪康德所寫的《行遍世界》。

★★★

「喔……」

從小山丘上看見王城的時候，我和艾莉絲兩個人不約而同地張開了嘴巴。

王都十分遼闊。比在這個世界看過的任何都市都還要來得寬廣。

首先，是坐落在丘陵上的城堡。發出銀色光輝的這座城堡，有著與佩爾基烏斯的城堡至少同等或是以上的大小。圍在城堡外的，則是宛如要塞般厚實的城牆。是高度保守估計有二十公尺以上的堅固城牆。會讓人覺得就算是脫隊龍來襲也無法跨越那道城牆，擁有令人嘆為觀止的高度。

另外，包圍著那道城牆的，是無數金碧輝煌的宅邸。想必那個區段是上級貴族居住的地區吧。猶如城堡大小的宅邸櫛次鱗比。

然後，這個區段果然也被城牆包圍起來。

城牆外呈現出來的是稀鬆平常的街景，但是每隔一定距離就會以城牆圍起。由於城鎮在經過漫長的歲月之後逐漸發展，所以才會為了配合這點而補蓋城牆吧。

但是這種城牆數到五之後便不復存在，從那之後就是凌亂的街景互相組織，無限地擴展到地平線的另一端。

畢竟蓋城牆需要的經費過於龐大，而且騎士團之類也會定期討伐魔物，因此就算沒有城牆也能夠設法解決。更何況阿斯拉王國位於魔物較為稀少的地區。

儘管和前世的大都會相較之下還是略小了一些，但是該怎麼說，一旦像這樣富有奇幻風格的街景一望無際地呈現在眼前，胸口還是會湧起一股難以言喻的感動。

「……」

「終於回來了呢。」

然而，洋溢在我和艾莉絲以外的成員心中的，似乎是不同的感動。

他們以非常嚴肅的表情瞪視著王城。就連愛麗兒也走下馬車望著王城。

「我們走吧。」

愛麗兒語畢，我們便進入了王城。

雖然從外面看起來十分驚人，但走進裡面以後其實也沒什麼。

城鎮的入口和其他地方別無二致。行商人和冒險者熙熙攘攘地走在路上。只是，冒險者和其他城鎮相較之下果然較少，而且平均年齡更為年輕。儘管也有一些上了年紀的冒險者，但不知道是不是錯覺，看起來沒有活力。

說到不同之處，頂多是道路寬到誇張。大到能同時通行六輛馬車。

是單側三線道啊。

這條道路似乎一直延伸到城鎮的中央廣場。

「移動到我的別墅去，把那裡作為我們的據點吧。在進入王宮之前，必須先做好各式各樣的準備。」

我們遵照愛麗兒的指示在路上前進。

目的地是像辦公街一樣的上級貴族區段。雖然只是在同一個城鎮中移動，但估計也需要花上半天的時間。

路克走在前面，接著是希露菲、基列奴、馬車，最後是我和艾莉絲這樣的順序，以一列縱隊走在路上。

雖說道路十分寬敞，就算隊列稍微以橫向排開也不會被說三道四，但是和貴族錯身而過時，會因為是否讓路而惹上麻煩。

一般而言，是由地位較低的貴族讓路，但愛麗兒的馬車上並沒有掛上自己的徽章。如果還得刻意拋頭露面來要求對方讓路的話，也不過是在浪費時間罷了。

我們像這樣在城鎮中移動後，周遭的氣氛以某地點為界驟然一變。

從原本以冒險者為主的城鎮，變為以居民為主的城鎮。

於是，在鎮民中開始有人對我們指指點點。

「那……該不會是路克大人和菲茲大人吧……？」

「真的耶……這麼說的話，難不成那輛馬車裡面是……！」

「愛麗兒殿下？」

「她聽到國王陛下罹病的消息後趕回來了！」

路人從路克和希露菲的臉確認了在馬車裡的人。

我們原本就不打算刻意隱瞞身分。畢竟不可能完全閃躲敵人的眼線，一旦進入王城，再怎麼不情願也會曝露行蹤。就算目前大流士還沒有察覺我們的動向，一旦愛麗兒開始進行準備，也有可能馬上就會曝露行蹤。

反正我們在時間上也不是很迫切。

所以說就算引起騷動也沒關係，可是……

「呀——路克大人——！」

「菲茲大人！」

「愛麗兒殿下——！歡迎回來——！」

實在很受歡迎。

所到之處都有人在加油打氣，偶爾還會有鮮花丟來。

當然不可能所有人都是這種反應，但五個人中至少有一個人看到後這麼做。

愛麗兒比我想像中更像個偶像。路克甚至還在揮手回應。

自從愛麗兒離開王都之後，明明已經過了將近十年，但是到現在卻還能如此受歡迎，實在很了不起。

不過，明明有偶像通過，卻沒有任何一個人擋住我們的去路，這點也很有意思。

是不是有明文規定禁止跑到貴族的馬車前面？

像是打亂大名行列的人就會被不容分說砍死之類。

「預備……菲茲大人——！」

希露菲每次聽到聲援，就會輕輕地搔著耳朵後面。

那是希露菲不知所措時的習慣動作。晚點再來調侃她吧。

在通過廣場之後，歡聲變得更加宏亮。

說不定是因為人們把「愛麗兒回國」的消息傳遍了大街小巷。鬧得這麼大，理應會有衛兵之類的衝過來好平息這陣騷動。然後正當我們因此而手忙腳亂的時候，奧貝爾突然從後面衝出刺殺過來。

我是這樣擔心，但卻沒有受到襲擊。

儘管並非沒有任何士兵，但他們也和民眾一樣高聲歡呼。

而且還是像部隊長的傢伙先起頭的。

看樣子包括底層的士兵在內，民眾是站在愛麗兒這邊。明明阿斯拉王國並不是對政治有所不滿的國家，但這種迎接方式就像是在對待英雄。

他們實在太受歡迎，害我無地自容。

「感覺真好！」

不過，艾莉絲似乎有不同的感想。

★★★

當我們進入貴族的地區後，歡聲就開始減少了。

難道他們終究只是在民眾間受歡迎，在貴族之間並不受歡迎嗎？或者是因為貴族沒有在道路兩側發出歡呼的興趣呢？我想兩者都有可能。

在貴族地區，偶爾會看到身穿甲冑組成隊列在路上走動的集團。

身上穿著銀色的全身鎧甲，頭上戴著全罩式頭盔，看起來很笨重的一群人。和混在民眾之間的士兵相較之下，身上有股正經八百的氛圍。如果把士兵比喻為警察，這些人感覺就像是軍隊。

「那是什麼啊？」

「是見習騎士呢。」

當我從嘴裡丟出疑問後，難得是由艾莉絲為我說明。

「如果不去上騎士學校卻想成為騎士，就必須要透過實習來記住禮儀和典禮之類的大小事喔。」

「哦……」

「聽說像這樣在城鎮巡邏，也是實習的工作內容喔。」

「妳知道得真清楚啊。」

「哼哼，是從朋友那聽來的。」

艾莉絲居然有朋友，嚇了我一跳。從她的口氣聽起來，應該不是空氣朋友的小朋吧？

「妳說朋友，是在劍之聖地的？」

「對啊。」

換句話說，就是劍士朋友。是劍友版小朋嗎？

「我啊，很高興艾莉絲能交到朋友。吵架也沒關係，但偶爾要壓抑自己的情緒，好好跟對方相處喔。」

「可是，那個人……」

艾莉絲話講到一半，突然停住了。

她快速地把視線掃過周圍，把手放在腰間的劍上。

我在艾莉絲的視線前方，注意到有一名見習騎士正目不轉睛地盯著這邊。

但由於對方戴著全罩式頭盔，無法判斷他的表情。

是敵人嗎？雖然沒有殺氣，但舉止卻莫名犀利，絕非泛泛之輩。

那名人物對疑似部隊長的人說了什麼，接著便朝我們跑了過來。

「……唔！」

希露菲、基列奴、路克都拔出了自己的武器。

希露菲真了不起啊。剛才拔出魔杖的速度還比基列奴快呢。

「哎呀……！」

穿著甲冑的人物被突然拔出武器的三人嚇到，停下了腳步。

雖然對方很明顯感到困惑，但就算如此還是把手放在宛如鐵桶的頭盔上並脫了下來。

從頭盔下出現的是名美女。除了美女外沒有其他方式形容。

流麗的秀髮。被汗水沾濕的額頭，更增添了一股誘人的魅力。

她的視線投向馬車後方的我們。正確來說，是對著艾莉絲。

「艾莉絲！基列奴！是我！」

看樣子是艾莉絲的熟人。

艾莉絲騎在馬上，聚精會神盯著那名女性。

「艾莉絲，原來妳還活著啊。因為師傅說妳要是和龍神戰鬥反正也不可能活著回來，我還以為……不過話說回來，為什麼妳會在阿斯拉王國？要是有通知一聲的話我也會——」

「妳誰啊？」

「……」

女性倒吸了一口氣。

然後她的表情顯得有些傷心。但雖說感到傷心，但卻也露出了既然是艾莉絲的話也沒辦法的表情。

是很清楚艾莉絲個性的人會擺出的表情。

「……開玩笑的。」

艾莉絲一邊說著，同時矯捷地下馬。

「好久不見了呢，伊佐露緹。因為妳穿著奇怪的鎧甲，我一瞬間還認不出來。」

「奇怪的鎧甲……這可是阿斯拉王國騎士團的正式甲冑喔。很帥氣對吧？」

「動起來感覺很不方便。」

「水神流的話不動也沒關係，這種程度反而剛好。」

知道是艾莉絲的熟人後，路克收起了劍。希露菲雖然也一臉安心，但依舊舉著魔杖。基列奴雖然將拔出來的劍垂到地上，但也依舊環視著四周。因為放鬆的瞬間正是最危險的時候，她的判斷很正確。

「妳現在服侍的是這馬車裡面的人嗎？在鎮上到處都流傳著『第二公主殿下回國』的傳言，難不成裡面這位就是……可是為什麼艾莉絲會……啊，我聽說公主是在魔法都市夏利亞留學對吧。妳們在那裡認識……後來因為妳是劍王才被僱用的嗎？」

和文靜的外表相反，她意外地健談啊。

艾莉絲默默地聽著。就算對方像機關槍般講個不停，她也只是雙臂環胸，擺出一如往常的招牌動作。

沉默了一陣子後，她這樣說道：

「…………嗯，大概就是那種感覺。」

看來她從中間就沒把話聽進去了。

這兩個人的對話，肯定一直都是這種感覺吧。

「我是因為師傅的推薦而成為騎士。預定會在我被任命為正式騎士的那天，獲贈水帝的稱號。」

「是嗎，很不錯嘛。」

「是啊。」

這時候，路克將馬匹掉頭移動到這邊之後，迅速地下馬，以和藹的表情詢問：

「非常抱歉，打擾到兩位再會的時光……艾莉絲小姐，請問這位是妳的熟人嗎？」

「嗯，沒錯。」

「是這樣啊。想必兩位累積了許多心裡話想暢談……但可以的話，希望能長話短說。」

「我知道啦。」

路克委婉地這樣說道後，便轉向伊佐露緹，優雅地行了一禮。

「失禮了，女士。雖然很抱歉，但我等正在執行任務的途中。不久之後應該能夠挪出空檔。

到時為了表示歉意，請容我——」

「不需要。」

「這樣啊。那麼，恕我失陪。」

即使被伊佐露緹冷淡拒絕，路克也沒有露出半點苦笑，而是維持著溫柔笑容跳上馬匹，就這樣移動到了前面。

然而，伊佐露緹卻以不悅的神情望著這一切。向來受歡迎的路克居然會被人投以不悅的視線，實在罕見。

當我正在想著這件事時，伊佐露緹壓低聲量小聲說道：

「那個人就是妳提過的魯迪烏斯對吧。和我想像中一樣，態度真是討人厭……明明是魔術師卻還佩著劍，是想要帥嗎？艾莉絲，妳跟那種人結婚了嗎？」

「……我是跟魯迪烏斯結婚了啊。」

「什麼……？雖然長相是很帥沒錯，但居然在妻子的面前和其他女性搭話……我實在沒辦法對他有好感。艾莉絲的品味很差耶。」

「……？」

艾莉絲楞了一下。

看起來伊佐露緹是把路克誤認成我了。正大光明地聽著別人講我壞話，搞得我現在也有些無地自容。雖然不是想要耍帥，但我在訓練時也會揮木刀練習嘛……

「我要走了。」

「也對。在百忙之中時還叫住妳，不好意思……妳暫時會待在這邊嗎？」

被這樣詢問後，艾莉絲瞄了我一眼。

我想至少在愛麗兒取得王位之前，勢必得居留在這座都市，因此我點頭回應。

伊佐露緹此時才第一次望向我。用一臉愣住的表情。

「呃，請問這位是？」

這下尷尬了。我該回答自己叫魯迪烏斯嗎？

算了，反正也沒有理由報上假名……不過對方剛剛才說了那些壞話，可能會讓氣氛變得很尷尬。

「嘶嘶！」

這時候，松風動了。無視我的意願移動到艾莉絲旁邊，用頭頂著她的背後。

喂，別隨便亂動啊，下次我會給你吃白菜啦……

「啊，不好意思，你們正在趕路呢。」

然而看到這個動作，伊佐露緹這才會意過來。

「那麼，等沒有輪班的時候，我再帶妳參觀這座城市吧……到時候，請妳也把那一位介紹給我認識。」

當她說到那一位時，對我送了秋波。

要是現在說「剛才承蒙介紹，我叫魯迪烏斯」，不知道她會擺出什麼表情？

「搞不清楚妳的意思，不過我知道了。」

「說什麼搞不清楚……艾莉絲老是這樣呢。那麼，願聖米里斯守護妳。」

伊佐露緹這樣說完，優雅行了一禮後便離開了。

唔，原來是米里斯教的人啊。難怪會討厭我。

艾莉絲看著她離去的背影，不久後便轉頭望向這邊，跳上馬匹。

確認到這個動作後，路克便開始移動，馬車也重新發車。

「剛才的人是伊佐露緹。她是水王喔。在劍之聖地認識的。」

那個人好像就是剛才提到的劍王小朋，也就是伊佐露緹。

「原來如此。看妳們感情很好，不錯喔。」

「是啊……不過……」

艾莉絲沒把話說完，而是望向伊佐露緹的位置。

銀色的集團排成隊列，正要消失在巷弄之中。

「她說不定會跟我們為敵呢……」

噢，也對。

水王伊佐露緹・克爾埃爾。

我聽說過這名人物，因為奧爾斯帝德認為她也是「有可能作為敵人出現的一人」。

基本上，我已經事先跟艾莉絲提過水神列妲站在敵方的可能性很高。在那個時候，艾莉絲說不定就已經注意到伊佐露緹也會與我們為敵。

雖然立場畢竟只是個見習騎士，我認為應該做不了什麼大事……

即使如此，她只是地位較低，但實力是水王級。一旦演變成戰場，她參戰的可能性很高。

「……艾莉絲，妳覺得這樣好嗎？」

「我躍躍欲試呢。這樣就可以把在劍之聖地的對決做個了斷。」

「這樣啊。」

雖然我不是很清楚，但既然她能毫不猶豫地說出這種話，代表這兩個人是那種關係吧。

也就是有如競爭對手般的交情。也不是不能理解，只是發展為必須以性命相搏的狀況的話，已經遠遠超出我能理解的範疇……

可以的話，我希望她們兩個人都能活下來，繼續和彼此競爭。

畢竟死了的話一切就結束了。

★　★　★

我們走著走著，往右邊拐過一個彎，開始走向上坡。

儘管巨大的城牆有士兵在看守，但路克給他們看類似徽章的東西後，幾乎是用臉就讓我們通過了。

我們穿過中級貴族的地區之後，再次通過一道城牆，便被有如小國城堡或是城塞般大小的住家團團包圍。

是上級貴族的地區。

愛麗兒的別墅離王城稍微有些距離。儘管座落在市鎮之中，但大小是我家的五倍。

雖說不像現在已不復存在的艾莉絲老家那般雄偉，但以私人的房子來說，實在是大到莫名其妙。

我們抵達的時候已經是傍晚時分。

因為進入城鎮時才剛過中午，所以我們光是在城鎮裡面移動就真的花上了半天時間。

當我們進入建築物的腹地後，有名看似管家的人跑了出來。他看到路克的身影馬上退回屋內，慌慌張張地召集一群女僕出來迎接我們。話雖如此，也就五個人而已。

想必他們在愛麗兒離開的這段期間，依舊管理著這棟別墅吧。

我們被傭人迎接之後進入了建築物裡面。

內部相當豪華。光論豪華度的話是佩爾基烏斯的城堡更勝一籌，然而重要地方都擺放著看似昂貴的美術品，從這點來看，雖說是別墅，但的確有種阿斯拉貴族宅邸的風格。以層級來說，應該比艾莉絲老家更高一階吧。

分配好各自的客房之後，我沖了個澡洗去旅途中的塵埃，然而就連洗澡用的水桶都有金屬製的裝飾，看起來金碧輝煌。宅邸內還配備了浴缸，似乎也可以用來泡澡，但這想必是愛麗兒專用吧。

洗完澡後，就是用餐時間。

但現場只有我、愛麗兒、艾莉絲以及希露菲共四個人。

因為立場上歸類在愛麗兒屬下的人，好像要在其他場所用餐。

「那麼，魯迪烏斯先生。」

「是。」

「多虧魯迪烏斯先生的幫忙，我們才能平安地抵達這裡。」

用餐完畢之後，愛麗兒鄭重地向我搭話。

「我明天就會開始行動，準備好用來迎接佩爾基烏斯大人，並且讓大流士上級大臣下台的『排場』。為此，得先確認誰是趁我不在時窩裡反的貴族，收集情報，聯絡預先派去臥底的內應，以及到各處打點好相關事宜……想必會忙得不可開交。」

「是。」

「為了不給大流士一派可趁之機，我會盡早備妥『排場』。幸運的是，由於父王生病的緣故，主要貴族都已聚集到王都。」

意思是決戰已經近在眼前了嗎？

「請問妳預計要花多少時間？」

「預估十天。」

「了解。」

十天嗎……好快啊。

「我方的牌已經湊齊了。雖說還會另外安排其他手段，但基本上只要準備好『排場』，相信我方的勝利便是無可動搖。因此，我認為對方很有可能會在『排場』向我們挑起戰鬥。」

如果知道是場會輸的比賽，那就用暴力讓一切毀於一旦，是這個意思吧？

老實說，畢竟對方也溫存了戰力，因此我也覺得這可能性不低。

「雖然我認為我方的戰力也十分充足，但為了確實拿下勝利，我想還是得先削弱敵方勢力的主要戰力。」

「也是。」

「魯迪烏斯先生和艾莉絲大人，還有希露菲，我希望能把這份工作託付給你們。」

「要找出來襲擊他們嗎？」

「不，畢竟王都寬廣無比，想必這絕非易事。況且在做這些事的期間，也難保我自己不會受到襲擊。」

在這座都市中也有人站在愛麗兒這邊，但並不存在北帝等級的強者。換句話說算得上戰力的，基本上只有在場的成員而已。扣除我、艾莉絲以及希露菲三人的話，能保護愛麗兒的只剩下路克和基列奴。

基列奴是值得信賴，但要是以好幾個北王級別的人為對手，想必雙拳也是難敵四手。

「是的。因此，我想要撒下誘餌。」

「誘餌……？」

「要反過來刻意露出破綻，讓他們主動襲擊。我也擁有能在這種時候派上用場的魔力附加品。」

是之前那個能交換模樣的戒指嗎？

只要用了那個道具，任誰都能假扮成愛麗兒。所以要營造出容易襲擊的場景，引誘對手出擊。而且這樣一來也能在愛麗兒行動的同時，設下圈套引誘敵人。

和貴族碰完面返家的時候，在打點相關事宜的時候。早上、傍晚、深夜。能組合各式各樣的模式刻意露出破綻。更何況對方主動上門的話，還省去了找人的工夫，也更容易保護愛麗兒。畢竟正牌貨就在附近。

「但是這樣一來，就得讓希露菲承擔有些危險的任務……」

「沒問題。」

希露菲不假思索地回答

「現在正是決勝負的時候。只要是我能辦到的，就讓我去做吧。」

這樣一來，希露菲就得扮演愛麗兒啊……算了，要是演變為戰鬥也不會有安全的地方。

到了這地步，不管在哪都是一樣的。既然本人有心要做，那我也只好全力保護她。

「不知道對方會不會上當呢？」

「我想……大概一半一半吧。」

結果，我們直到進入王都為止都沒有遭到襲擊。

雖說我們也保持著警戒，但旅行了將近一個月。對方應該有機會襲擊我們才對。既然如此，他們就是預測到愛麗兒會準備「排場」，打算到時再以壓倒性戰力一口氣殲滅我們。

他們這樣盤算的可能性很高。

而且在這種狀況下，還很有可能透過人神掌握我方戰力，進一步備妥戰力擊潰我們。

雖然這種做法相當亂來，也很有可能在之後留下禍根，但畢竟這是決定王位的戰鬥。做到這種程度也很正常。

「要是他們上鉤的話就好辦了。但要是沒上鉤的話……」

「……想必會演變成總力戰呢。」

「我想到時候，還得麻煩魯迪烏斯先生多多擔待。」

我想也是啦。不過我頂得住嗎……

「請問，我方沒有援軍嗎？」

「有幾個人是在拉諾亞王國找到，事先已安插到阿斯拉王國，但充其量只是上級劍士、上級魔術士。儘管當天會布署在『排場』，但要面對北帝、北王這種強者，只怕是力有未逮。」

也對啦～

「要是有個萬一，說不定還得借助那位大人的力量。」

「那位大人嗎？」

是指奧爾斯帝德嗎？難道他已經來到這個城鎮了？

雖說我有定期聯絡，但沒有什麼值得報告的事，他的話也很少。

自從我被路克提防之後，愛麗兒就沒再見過奧爾斯帝德。

「說得也對。要是有個萬一，再請他助我們一臂之力吧。」

聽著我們這段對話的希露菲歪頭表示不解，不過也沒關係。

「那麼，就按照這個方向進行吧。」

「是。」

這十天該做的事也已經決定了。

從明天開始，就要展開在阿斯拉王國的戰鬥了。

第八話「黃昏的死鬥」

隔天，我們和愛麗兒一起前往王城。

朵莉絲在據點待命，等待出場的時機。兩名隨從也不在。因此，只有六人一起行動。

雖然會這麼做，有一部分是因為兩名隨從在戰鬥時會礙手礙腳，但她們也有家庭，她們的家對愛麗兒而言是重要的伙伴。除此之外，她們倆也為了把與自己家有關聯的人拉攏為同伴而四處奔波。

看來愛麗兒真的打算在十天內把該做的事情處理完畢。

好啦，這是我初次來到王城。

阿斯拉王國的王城如同從遠方所看到的一樣巨大。恐怕比蓋在佩爾基烏斯的空中要塞上面的城堡還要來得大。此外，在這座城堡背面還另外存在著一座王宮。有王族生活的宮殿以及無數的庭園。

不過，此行的目的並不是要去那裡。我對後宮是有些興趣，但不是現在。

這次的行動，是要探望臥病在床的國王，還有預約「會場」。

話雖如此，我只是跟在愛麗兒和路克身後行動，沒有什麼能做的事。

後來，我在這個王城中發現了驚人的東西。不，或許還不到令人吃驚的程度。在這裡的話，有那樣的東西也並非不可思議。但是看到那東西實際存在，還是會讓人忍不住多看一眼。

那就是佩爾基烏斯的肖像畫。

三幅並排在一起的肖像畫其中一幅。

龍族的臉孔難以分辨。畫成肖像畫後這點又更加明顯。而且，這幅肖像畫的佩爾基烏斯恐怕經過些許美化，比現在看起來大約年輕了幾十歲。

說實話，我沒有馬上看出來這是佩爾基烏斯。一開始只是認為有點像而已，馬上就把視線移到別處。但是當眼睛掃過肖像畫正下方的金屬板時，又再看了一次。上面寫了名字：佩爾基烏斯・朵拉。

實在令人驚訝。

說到最令我驚訝的，便是這幅畫和歷代的阿斯拉王肖像畫掛在如此靠近的地方。

換句話說，佩爾基烏斯在阿斯拉王國就是被視為如此有名且具影響力的人物。

順帶一提，在佩爾基烏斯的旁邊是我沒看過的人族，以及頭上混雜著金髮和銀髮的男子。

儘管我對這兩張臉沒印象，但或許是因為看到了佩爾基烏斯的名字，我馬上就猜到了。

人族是北神卡爾曼。

然後，這個看起來像是龍族和人族混血的便是龍神烏爾佩。

殺死魔神的三英雄。

如果是以前的我，八成會說根本沒殺死而開玩笑帶過，但是在聽了奧爾斯帝德的話之後，我就無法用敷衍的態度面對。因為就結果來看，他們以全力奮戰，成功打倒了魔神拉普拉斯。打倒了在漫長的歷史中，以最強的身分君臨著這個世界的魔龍王拉普拉斯的半身。

正因如此，他們的肖像畫才會被擺在這個地方吧。

作為活生生的傳說中的英雄。

真是了不起的人物。

只要得到佩爾基烏斯作為後盾，勝利可說是近在咫尺。

事到如今，我總算理解這句話的可信度。

★ ★ ★

經過了三天。作戰順利地進行當中。

愛麗兒逐步準備著「會場」。滿心期待她歸來的貴族們聽從她的指示並提供後援。我則是擔任她的護衛，並且被介紹給好幾十名貴族。

老實說，名字我完全記不住。

大流士上級大臣和第一王子格拉維爾。雖然我並沒有被介紹給他們，但有一次成功在遠處瞄到他們的身影。

用一句話來形容大流士的話，就是老狸貓。肥滿的身體，鬆垮的臉頰，令人作嘔的眼神。以及讓我湧起一股親近感的醜惡體型，是個豬怪。

他看到我的時候，露出了非常畏懼的神情。彷彿就像是在看著死神的眼神。

雖說以臉色來判斷並不妥當……但既然對方表現出如此淺顯易懂的反應，自然不需費心猜測他是不是人神的使徒。他毫無疑問是黑的。

至於第一王子格拉維爾，是個普通的大叔。從王子這個單字，可以聯想到有著金色蓬鬆秀髮的十幾二十歲的年輕人，然而他並非如此。感覺像是個有蓄鬍，熱心工作的三十幾歲人士，和王子的形象相去甚遠。

但是看著他，會莫名地浮現出「想要在這人底下工作」的想法。

這應該也算是一種領袖魅力吧。

話說回來，我也聽說了第二王子哈爾法斯的風聲，據說他在與第一王子的政爭中敗陣，目前處於軟禁狀態。應該是奧爾斯帝德做了什麼吧。還是說奧爾斯帝德早就知道這件事，所以才說不需要警戒第二王子？

不管怎麼樣，投靠第二王子派對勝利感到絕望而幾乎放棄的那些人，聽到愛麗兒歸來的消息之後，也都為了能沾點好處而聚集了起來。

他們似乎願意幫忙愛麗兒營造「會場」。

愛麗兒正在她的戰場上奮鬥。

我的工作，則是驅逐襲擊愛麗兒的敵人。

實際上也確實遇過襲擊。與其說有，不如說幾乎每天都會有暗殺者出現。

話雖如此，目前還沒有成功釣到大魚。都是些小角色。

他們的目標只有愛麗兒一個人。具體來說，是假扮成愛麗兒的希露菲。

不論移動中，用餐中，睡眠中。連吃飯和睡覺的時間都沒有，就是指這種狀況。

不過，正牌的愛麗兒則穿著女僕服戴著假髮，吃著女僕的粗糙（話是這麼說，但還是比一般的下級騎士還要豪華）伙食，在女僕用的房間躺在簡陋的床上安穩地熟睡。

「雖然暗殺者數量比以前多了好幾倍，但有魯迪你們在就輕鬆多了。」

希露菲是這麼說的。

暗殺者集團不能算是雜碎，但要和我、艾莉絲以及基列奴戰鬥的話，自然顯得不夠格。

可是，要是我獨自應付，八成還是會稍微陷入苦戰。畢竟還有像個年幼少年的暗殺者，反正我肯定會對要殺不殺而遲遲拿不定主意吧。一想到這，覺得有艾莉絲和基列奴在真是幫了大忙。

目前為止，還沒出現能突破艾莉絲和基列奴她們雙箭頭的敵人。

恐怕派暗殺者前來的不是格拉維爾和大流士，而是他們底下的貴族吧。

假如格拉維爾他們已經下定決心，要在「排場」上進行總力戰的話，事情會有點棘手。

要是交給艾莉絲和基列奴去應付北帝、北王，那麼下一個敵人就是由我來負責。要是還有其他戰力，就連希露菲也得加入戰局。而且，要是再多出一名敵人，敵方的魔爪就會觸及到愛麗兒。

雖然我認為奧爾斯帝德會在那之前設法做出應對，但自從進入王都後他就沒有和我接觸。甚至連他是否踏進城鎮內都還不得而知。

不管怎樣，我很清楚光是祈禱無法解決問題。

為了以防萬一，我希望能先減少敵人的數量。

就在我這麼想的時候，愛麗兒開口說道：

「排場那邊也已經準備完畢。差不多該由我們主動出擊了。」

愛麗兒在那天向第一王子派的貴族說了些悄悄話。好像是說今天艾莉絲和基列奴都同時遇上生理期，實在很糟糕之類的下流話語。與愛麗兒交談的貴族以非常興味盎然的眼神看著艾莉絲，這讓艾莉絲擺出了明顯不悅的表情。

看樣子是要散播護衛的狀況不好的傳聞，促使對方襲擊。

不過，這次作戰以失敗告終。畢竟企圖太明顯了。

從隔天開始，就連暗殺者都不再出現了。

經過了五天，沒有人襲擊。

取而代之的，是周圍的有力貴族開始被當作目標。是負責準備「排場」的那些人。

基本上，他們也有獨自的自衛手段，因此沒有演變為嚴重災情。

然而，或許是因為害怕對手襲擊，有好幾個人因此投靠到第一王子派。

就在這時，我與一名人物相遇了。

是皮列蒙．諾托斯．格雷拉特。

他正如事前得知的情報一樣，倒戈到格拉維爾那一邊了。

皮列蒙。年紀大約是在三十歲中間吧。他和保羅的長相十分相像。但是他臉上的表情卻不存在著保羅平常會散發出來的輕鬆灑脫，充滿自信和餘裕的感覺。

這男人給人的印象就像是空腹的老鼠那般怯懦，是會畏懼風險，一味顧著逃往安全方向的那種類型。

儘管我不討厭這種人物，但似乎是紹羅斯爺爺會討厭的類型，難怪他們的關係會不好。所以他才會借助轉移事件趁亂殺了紹羅斯。

……這個邏輯可以了解，但看在我眼裡，老實說皮列蒙並不像是有膽子做出殺害紹羅斯這種無法無天的舉動。如果他是能夠在緊要關頭做出這種決斷的人，想必紹羅斯也不會這麼瞧不起他。

路克對他說了不少事情。他們爭論的口氣，就算說是在吵架也不為過。

為什麼要背叛愛麗兒？自己的努力是為了什麼？對於路克這些提問，皮列蒙只丟下一句「就算說了你也不會懂」。

路克露出難以置信的表情。

即使如此，路克還是追上去懇求自己的父親，說現在還不算太晚，快回到我們這一邊。

但還是不行。

最後，有個疑似路克哥哥的青年以可恨眼神望著路克，用唾棄的態度說「難道你連當家的位子都想要嗎？」」，便把他扔在原地逕自離去。

這種態度挺過分的。

至少不該是對將近十年都生活在異國土地，飽受辛酸的兒子該有的態度。但是，保羅過去也曾是那種類型的垃圾，我也是同樣類型的人渣。阿斯拉貴族也有屬於他們自己的道德觀，因此我不打算以片面想法輕蔑他們。

愛麗兒獲勝的話就是路克，格拉維爾獲勝的話就是路克的哥哥，如此一來便能讓諾托斯這個家系成為在政爭中勝出的重鎮而存續下去。以這個角度思考的話，那兩個人的態度……該怎麼說，某種意義上或許也可以說是在擔心路克。

不過，也有可能是發自內心討厭路克而已。

不管怎樣，事情演變至此，幾乎可以確定會交給基列奴處斬皮列蒙。

就算路克一家只差一步就會面臨家庭破滅，但既然路克這麼重視他的家庭，我也想要稍微為他盡一份心力。然而另一方面，卻也覺得自己的事情更為重要。

實在是令人討厭的狀況。

第九天。

「排場」準備完畢。

所謂的排場，其實就是宴會。大家一起喝酒跳舞，暢談聊天。類似這樣的宴會本身在王城相當盛行。

而這次要舉辦的，是以第二公主愛麗兒的名義慰勞第一王子格拉維爾的宴會。

由於這場宴會冠以下任國王候補的兩名王儲之名，阿斯拉王國赫赫有名的貴族將會全員出席。

如果是我的話，肯定不會參加這種明顯設有陷阱的宴會，然而阿斯拉貴族似乎無法以這種理由缺席。因為參加大型宴會是貴族的義務。

在準備「會場」時多少遇上了一些阻礙，但愛麗兒將這些全部克服了。

明天就是重頭戲了。

「魯迪烏斯先生。」

當我腦中正在胡思亂想，愛麗兒向我出聲搭話。

「剛才，我向對方設下了最後的陷阱。」

「最後的陷阱？」

「具體來說，就是散播會讓大流士上級大臣打從心底感到不安的情報。」

「……哦？」

原來如此。

我們警戒的對象是奧貝爾等人，但是操控奧貝爾的人是大流士。

而且，人神的使徒並非都會按照人神的想法行動。

就像我決定成為奧爾斯帝德的部下一樣，要是感到危險，讓他們陷入會覺得不能再繼續聽從他的建議的那種狀況，就會採取和人神的想法不同的行動。

換句話說，不能只是讓他們看到破綻，而是得設法讓他們認為不趁這個時候下手就會輸，這樣一來自然會主動發動襲擊。

「可是不能斷言他們是否會確實動手。如果今晚沒有上鉤的話……」

「我知道。」

若是那樣的話，就得在當天進行總力戰。想必會是很艱辛的一天。

說不定會有人死去。是艾莉絲嗎？希露菲？還是基列奴？儘管我會為了不演變成那樣而行動，但還是會不禁浮現保羅死去的臉孔。

只能祈禱愛麗兒的陷阱能順利發揮作用。

——歸途路上。

沒有月亮的夜晚。一切準備就緒，只需要等待明天正式上場。今天就好好睡一覺，養精蓄銳吧。我抱著這樣的想法踏上歸途時，那件事發生了。

在道路的正中央，站著一名男子。只要看一下頭，就立刻明白是獸族男性。

兔子耳朵……我記得是米爾泰特族。如果是女生的話叫兔女郎，那男人的話該怎麼稱呼才好？兔男郎嗎？

「……」

他穿著消光的黑色鎧甲，手上舉著長劍。擋住了馬車的去路。

「什麼人！」

走在馬車旁邊的路克站到前方，向對方如此詢問。

然而他並沒有回答。沒有回答的必要。襲擊者是不會將自己的名字——

「我是北神三劍士之一，北王『雙劍』的納庫爾賈德。」

竟然回答了。

「……」

在下一瞬間，納庫爾賈德那傢伙分裂了。

猶如靈魂出竅一般，輕飄飄地分成左右兩邊……

「納庫爾哥哥，我覺得像這種時候不應該講出名字啦。」

「啊，對耶。這次和平常不一樣嘛……賈德真聰明啊。」

「嘿嘿，因為最近我有好好用功啊。」

不對，並不是分裂。原來是雙胞胎啊。有著完全相同臉孔的劍士有兩個人。

「我記得像這種時候，也不能說雇主是大流士大人對吧？」

「話說回來，平常襲擊我們的暗殺者，也都沒有透露委託人的名字嘛。」

「沒錯沒錯。所以納庫爾哥哥，你絕對不能說喔。」

「我知道啦。」

呃，反正關於委託人是誰，這次就算不說也很清楚。

在這種有些欠缺緊張感的時候，艾莉絲移動到前面，下馬之後拔出了佩劍。

「我是艾莉絲・格雷拉特。」

感受到這股貪婪的殺氣，雙胞胎的耳朵一陣一陣地抽動。

「喔喔，妳就是傳說中的『狂劍王』啊！」

「劍術本領猶如銳牙，狂野個性宛如魔獸！」

「儘管我等是脆弱的米爾泰特族人！」

「但也夠資格作為對手！」

艾莉絲架劍擺出上段架式，雙胞胎也跟著擺出了左右對稱的架式與艾莉絲對峙。

「我們一個人時是半吊子。」

「兩個人時才能獨當一面。」

「因此就算是二對一。」

「也不能說我們卑鄙。」

不，二對一算卑鄙吧……這時，從馬車後面又出現了另一個人影。

是道小黑影。那影子穿著宛如用墨水塗過般的全黑鎧甲。手上拿著的是黑色的盾，黑色的劍

「……」

他沒有報上姓名。這次確實沒報上姓名。只是不發一語地擺出架式。

與他相對而立的則是基列奴。她以一副理所當然的態度，向那個男子拔出佩劍。

「我要奉還上次欠的那筆帳。」

「……德路迪亞族有出色的夜視能力……這次稍微不利嗎……」

是維．塔。

上次基列奴吃了他的悶虧。但日前我已經姑且把維．塔的技倆和對應方法告訴基列奴了。

雖然不知道她到底能不能理解，但事前掌握消息和渾然不知勢必會有很大的差異。

前門有兔，後門有小人。

用這種講法的話，不可思議地會讓人覺得這個狀況看起來相當愉快，但實際上前後都是北王。

我應該幫哪一邊？

我幫艾莉絲的話，希露菲或是路克就會幫忙基列奴。

這樣一來就能營造出二對一的局面。

雖然我這麼想，但卻無法付諸行動。

因為奧貝爾還沒出現。我還沒看到那傢伙的身影。這個事實讓我選擇靜止不動。

愛麗兒並不在場。她使用了別條路線，正安全地從王城移動到別墅。

因此，只要形成讓希露菲幫忙艾莉絲，路克幫忙基列奴，各自支援彼此的局面也不錯。但這樣一來，敵方想必也會察覺愛麗兒並不在現場的事實。

然後應該會逃走吧。畢竟目標不在的話這也是理所當然。或者說會派一個人或是兩個人攔住我們，趁這個機會襲擊愛麗兒。

儘管我不認為愛麗兒會那麼輕易被殺，但就算她能平安無事，戰局也得繼續拖到明天。想必他們會以更加萬全的狀態迎擊我們。到時可能還會再增加一到兩個人。

所以現在是好機會。

打倒兩名北王……應該說三名的機會。而且要是錯過這次機會，就會陷入危機。

那麼，至少得在這裡打倒一個人才行。

我支援艾莉絲，由路克去支援基列奴。這樣一來，要和奧貝爾交手的會是希露菲。希露菲是贏不了奧貝爾的。儘管不能說絕對，但奧爾斯帝德是這麼認為。

那麼，我自己這顆棋子果然不能動……

「……不對。」

好好想想。

目前這個狀況，北王有三個人……如果把納庫爾賈德兩個人算成一個人的話，就是兩個人。也不像上次還有其他士兵。以人數來說明顯不利。敵人會在這種狀態下發動襲擊嗎？

沒錯。奧貝爾肯定在場。

他這次肯定也潛伏在某個地方。躲在附近，冷靜地準備襲擊我們之中的某人才對。

那麼，只要把人找出來就行了。由我主動找出那傢伙隱藏的地點，一擊打倒他。

這樣一來，我就能毫無後顧之憂地去幫忙艾莉絲和基列奴。

「不要緊啦，魯迪烏斯。我一個人就能贏。」

艾莉絲的聲音在黑夜中響起。

的確，那個叫納庫爾賈德的劍士不敢踏進艾莉絲的攻擊範圍。

的確就如剛才所說是個半吊子，他們只有一個人的話頂多是北聖水準。

然後，如果只有這種程度，艾莉絲一擊就能收拾掉對手。要是其中一人進入艾莉絲的攻擊範圍，那個人就會死。而且如果艾莉絲的自信屬實，只要其中一人死去，那就更不可能打倒艾莉絲。因為彼此實力差距就是如此之大。

基列奴也還在攻擊距離外。

小人族的維．塔和身材高挑的基列奴之間的攻擊距離實在相差太多。

想必這邊也不會那麼簡單就進入對手的攻擊範圍。

但即使如此他們也不撤退……果然是因為還有一人在場吧。因為有無法逃走的理由，所以他們才沒有逃走。

對方打算在這裡把我們收拾掉。

快想想。奧貝爾在哪裡？周圍有哪些地方能夠躲藏的？

這裡絕對稱不上是適合襲擊的場所。左手邊是城牆，右手邊是貴族宅邸。

右手邊乍看之下好像有許多能藏身的地方。每間附有庭院的房子都圍著高聳的圍牆，住家與住家之間還有小巷。但是道路很寬敞，離馬車還有一段距離。我不認為有到原本所想的那麼適合躲藏。

那麼城牆如何？有一道高到必須抬頭仰望的城牆。

從上面用繩索降下來？還是說直接跳下來？

雖然我想不太可能，但北帝搞不好真的辦得到。

那麼下面如何？像之前那樣躲在地底下？

不對，那不可能。因為有了上次的教訓，我走過來時有特別注意地面。

我想應該沒有看漏。

在哪裡……還是說有死角嗎？

我位在馬車的左後方。路克站在馬車的右前方。

有兩道光源。其中之一是掛在馬車上的火把。另外一個就是我出門時召喚的燈之精靈。

光線充足，就連身穿黑衣的襲擊者樣貌也能看得一清二楚。

四處都是一覽無遺。

那麼果然是在城牆上方嗎？從城牆上方，用魔術攻擊嗎……？

於是，我讓燈之精靈往上移動並抬頭往城牆望去——

「……！」

找到了。一開始看到城牆時還沒有注意到。

中間那段的部分有不協調的感覺。

在城牆的中段，蓋著和城牆的紋路及顏色非常酷似的布。

假如是在白天想必是一目了然。再不然只要用車頭燈去照也會察覺到異樣。但是憑馬車的火把亮度，根本不會注意到有所變化。然而，只要使用燈之精靈，就會注意到那些微的不協調感。那微乎其微的影子。

贏了。

我把魔杖朝向那塊布。

「……」

我沒有詠唱。

平常的話，我會為了讓身旁的人意識到我要使用魔術而說出術名，但這次沒有這麼做。

我有種預感，一旦說出口絕對會被閃過。要對付奇襲，最有效的方法就是奇襲。打算奇襲對手的傢伙，不會想到自己會遭受奇襲。

岩砲彈（Stone Cannon）。將威力與速度都發揮到極限…………攻擊！

「嗚喔喔！」

然而或許是野生的直覺，還是說身為武人的直覺使然。

我連一秒都沒有絲毫猶豫。

明明如此，奧貝爾卻感應到了什麼。他在千鈞一髮之際解除隱身之術，迴避了魔術。

不對，他沒有完全閃過。岩砲彈貫穿了奧貝爾的腳，在腳上打出了一個大洞。

儘管他試著受身，但依舊從城牆上摔了下來。

「唔咕啊！」

那個叫聲成為了打響戰鬥的信號。

我以眼角餘光瞄到艾莉絲和基列奴開始行動。路克也察覺到我這邊的狀況。

我毫不猶豫地對奧貝爾擊發魔術。岩砲彈。

「嘖！」

然而，奧貝爾卻維持坐在地上的姿勢，不費吹灰之力彈掉了我的魔術。

「喝啊啊啊啊！」

路克從背後衝了過去。

奧貝爾以左手為軸心將身體反轉，彈開了他的劍。

接著趁路克失去平衡時掃倒他的腳，並維持躺在地上的姿勢，試圖給路克致命一擊。

但我用岩砲彈出手阻止。

「唔咕！」

奧貝爾讓身體像彈簧一般縮回，用單腳挺起身子。
但是，奧貝爾的另一隻腳幾乎快斷了。看來他的機動力已經被奪去大半。
他用一隻腳屹立不搖地站著，同時望著馬車、我以及前後。
「……」
被他的視線吸引，我也環視了一下。
在剛才一剎那的一來一往之間，戰場的趨勢已大致底定。
艾莉絲按照自己的宣言，已葬送了那兩個人。但她本身似乎也並非毫髮無傷，她的肩頭受到重創。左肩正無力地垂了下來。
可是艾莉絲完全不把傷勢當一回事，重新轉向了這邊。
她視線前方的人是奧貝爾。
基列奴完全壓制住維·塔。維·塔已經失去了一隻手。
失去盾牌的維·塔，無傷的基列奴。
當我看到的時候，基列奴正準備給維·塔致命的一擊。
「奧貝爾——！」
維·塔一聲大喊，同時將某種東西砸向地面。
「砰」地一聲，猶如粉末的聲音響起的同時，四周轉眼間就被黑色濃煙團團包圍。是魔力附加品嗎？還是魔道具之類？

我很清楚。夜晚的維．塔會用黑色煙霧遮蔽對手視線。但是知道和實際看到是大相逕庭。能見度比想像中還要低，視線瞬間就遭到剝奪。

在猶如濃霧的視野中，聽到了維．塔奔跑的聲音。

以及追著他的基列奴的腳步聲。

〔突然有一把劍從眼前揮下。〕

我慌張地迴避之後，維．塔從我旁邊快速地跑了過去。

是針對我嗎？不對，他的目標是馬車！

「交給我！」

下個瞬間，馬車的門打開，希露菲翻滾出來，同時施展魔術。

她用了混合魔術「火焰龍捲（Flame Tornado）」。火和風的混合魔術將這陣黑煙吹散，周圍的景色頓時變得清晰可見。

確認狀況。

基列奴，健在。路克，健在。希露菲，健在。艾莉絲也健在。

維．塔正準備逃到小巷子消失而去。被他跑掉了嗎？

算了，就算維．塔跑了，只要能解決奧貝爾就行了。

我抱著這種想法轉頭望去，赫然發現奧貝爾已消失無蹤。

在哪裡？

「魯迪烏斯！」

艾莉絲大喊一聲。

我循著她的視線前方望去，看到奧貝爾正在用鉤爪像蟑螂一樣攀爬著城牆。他以超快的速度爬上城牆頂端消失而去。

明明只有那麼一瞬間移開視線，卻已經追不上了。

不對，現在不是發呆的時候。

「快追維．塔！」

我馬上下達判斷，衝進巷子裡。

能追上嗎？我是不是有些誤判？在維．塔往巷子逃跑的時候，我是不是應該馬上追上去？

他失去了一隻手臂。失去平衡的身體沒辦法跑太快。但他畢竟是北神流，所以像那種訓練……

這樣想著我的踏進巷口之後，立刻停下了腳步。

維．塔死了。

他矮小身體的正中央開了個大洞，渾身是血倒臥在地。

這種死法非常讓人似曾相識。我也曾經這樣死過。

周圍沒有氣息。不過他肯定在這。而且是他下手的。是奧爾斯帝德。

「魯迪烏斯……成功了呢。」

我轉頭望去，說這話的人是艾莉絲。

從肩膀被砍了一道嚴重的傷口，血流不止的艾莉絲咧嘴一笑。

「啊，嗯……」

總之我觸碰了艾莉絲的肩膀，詠唱治癒魔術。

傷勢很嚴重。該不會傷到肌腱了吧？即使自己受傷也要擊退敵人，這就是破釜沉舟的決心嗎？但是對心臟很不好啊。

「謝謝。」

艾莉絲隨便地道了謝後便轉過身子。回到巷口大喊。

「剛才那個被魯迪烏斯解決了！」

聽到這句話後，眾人都鬆了一口氣。

「抱歉，我礙手礙腳的。」

「不，要是我能解決他，魯迪烏斯就能專心對付奧貝爾了……」

「我才是，要是早一點跳出來加入戰局就好了，稍微有點太慢了。」

「雖然讓一個人跑掉了，但還不錯嘛！」

大家像這樣互相反省自己的舉動，收拾屍體。

我也是，要是用不同的魔術，說不定就不會被奧貝爾逃走。

還以為自己已經奪去他的行動能力，如果當時用泥沼的話……

不過現在說再多也沒有意義。

戰況是瞬息萬變的。

像這些瑣碎的事情，在結束之後才覺得當初該那樣做或是這樣做，也都無濟於事。

這次收拾了北王維‧塔，北王納庫爾賈德這兩個人（三個人）。

成功按照預定減少了對方的棋子。儘管讓最重要的奧貝爾逃走，但也算是一場大勝。

再來，就剩明天正式上陣了。

第九話「愛麗兒的戰場」

王城之中，有著用來舉辦大規模宴會而建設的大廳。

而其中一間大廳擺放著一張長條形的桌子，上頭還擺了大型花束和餐盤等食器。

已經全部決定好由誰就座的位子。

一旦列席人士到齊，宴會開始之後，想必就會有料理上桌。

呈現在眼前的，是無法想像僅僅只花十天準備就布置完畢的會場。

看著這間準備完全就緒，只等著舉辦那天到來的宴會會場，實在令人雀躍不已。

作為一名工作人員來到這裡的我，和艾莉絲兩個人站在迎賓室的入口附近，眺望著列席人士的長相。說是迎賓室，但裡面並不狹窄，這邊也擁有立食宴會那樣的規格。

抱著期待表情的人。滿臉不安的人。像這種人在開始不久就已抵達會場。

他們在迎賓室熱烈談論的內容，是今天愛麗兒會說些什麼，聽完之後格拉維爾派又會做出什麼樣的應對之類。

他們之所以看起來一臉輕鬆愉快，是因為他們並非風暴中心的人物。這些人大部分不論跳槽到哪裡也不會有什麼影響。簡而言之就是小人物。

第一個大人物，稍微遲了一些才現身。

皮列蒙．諾托斯．格雷拉特。

他身邊跟著長子和護衛，以憎恨的眼神望著站在入口的我。

然後，以輕蔑的口吻如此說道：

「……哼，你以為事到如今還能回到諾托斯．格雷拉特家嗎？」

突然就說這個啊。

「我沒這麼想過。」

「你給我好好記清楚，原本你甚至沒資格冠上格雷拉特的名號。」

「咦？啊，是。」

皮列蒙說完八竿子打不著邊的話後，在迎賓室向所有人打過照面，接著消失在為上級貴族準備的包廂之中。

「他是怎樣啊……」

艾莉絲相當憤慨。

話說起來，以前待在艾莉絲家時，曾經被說過我把自己想得太卑微了之類。

當時我完全不覺得自己無地自容，但如果保羅當時低頭的對象不是伯雷亞斯而是諾托斯。

然後，我擔任的是諾托斯家中某個人的家庭教師的話。如果是在那樣的人之中，應該就會覺得自己很卑微吧……

算了，事到如今怎樣都好。

我記得皮列蒙對保羅來說算是弟弟，對我來說算是叔叔那輩，但他是之後會被基列奴處斬的人物。既然對我而言是討厭的傢伙，自然再好不過。

以皮列蒙為首，這次「宴會」的主角們也陸陸續續登場了。

兩名隨從的父母，以及朵莉絲老家的人也來了。

再來是四大地區領主。艾烏洛斯、澤費洛斯，以及伯雷亞斯。

伯雷亞斯的當家……叫什麼名字來著？

是叫湯瑪士還是叫高登……我記得是像火車頭一樣的名字。（註：出自《湯瑪士小火車》，

皆為火車頭的名字）

啊啊，想起來了。是詹姆士。

他還帶著長子一起登場。

從長相來看，詹姆士比菲利普更像紹羅斯，體格也很健壯。但是，他的臉看起來卻十分憔悴。

據愛麗兒所說，他辭去了大臣的職務，以一名領主的身分進行活動。因為是名失去領地的領主，聽說面對了相當艱難的困境。但即使如此，家族也沒有因此沒落，或許是因為雖然失去了領地，但土地還在。還是說，這得歸功於詹姆士的努力呢？

……努力……是嗎？

菲托亞領地的復興沒有進展，但這不代表詹姆士什麼都沒有做，這點從他臉上的憔悴程度顯而易見。想必他也一樣受到那起消失事件波及，為了活下來而拚死努力。雖然活下來的意義，和直接被捲入轉移事件的人並不相同……

「……」

他對我……應該說對著站在我旁邊的艾莉絲瞄了一眼後，果然也走回了包廂。

緊接著最後。

大流士上級大臣比任何人都還晚到會場。旁邊還跟著一名護衛。

大流士一看到我，便露出不寒而慄的表情立刻別開視線。

護衛看到我之後反而靠了過來。

在明亮的地方仔細觀察，這身打扮果然只能以古怪來形容。

穿著輕便和服，酷似毒蘑菇的髮型。腰間佩戴著四把劍。

「初次見面。在下是北帝，名叫奧貝爾．柯爾貝特。在坊間有著『孔雀劍』的別名。」

我偷瞄了一下腳邊，發現他以兩隻腳穩穩站著。

看起來也不像拖著走路。似乎完全治好了。到了阿斯拉王國這種水準，自然也有能治好那種傷勢的治癒魔術師嗎？

「多禮了。我已經聽聞閣下的大名。我叫魯迪烏斯．格雷拉特。」

「『泥沼』的……不，還是應該稱呼你為『龍之犬』比較妥當呢？」

這樣的話，代表奧爾斯帝德是我的「飼主」啊。真令人懷念的名字。想不到在冒險者時代曾是飼主的我如今變成了狗啊。算了，反正奧爾斯帝德應該沒想過讓我家族的風評變好吧。

不過，既然會說出龍之犬這種話，表示奧貝爾果然就是人神的使徒吧……

「哎呀失禮……據說你們在路途中遭受了多次襲擊。」

「……嗯，是啊。」

「還聽說你們以精湛的手法，順利擊退了使用卑劣手段的刺客。」

居然說自己卑劣啊……

他用像是在開玩笑的口吻揚起嘴角笑著說道。但是，他的眼睛完全沒有笑。

「下次，就是正面對決了。」

奧貝爾在一瞬間露出了和他的臉不相稱的認真表情，便離開現場。

剛才的算是宣戰布告吧？他在第一次和第二次襲擊明顯都是以我為目標。

那麼，他果然是第三名使徒嗎？

順帶一提，在最後的最後，最重要的大人物第一王子格拉維爾沒有來到這間迎賓室。

據說他會直接前往會場。

換句話說，這樣一來演員就到齊了。

宴會開始了。

貴族們按照順序走進房間，在指定的位子上就座。

而我站在牆邊，也就是給護衛站的位置看著這一切。今天因為愛麗兒事先動了手腳，在宴會會場附近幾乎沒有警備兵。為此，幾乎所有貴族都帶了護衛前來。

站在我旁邊的艾莉絲和基列奴雙臂環胸，正對周圍保持警戒。

希露菲不在。由於她在待會兒要開始的儀式中擔任著某項重要的任務，所以暫時離開。

看到貴族已全數進入會場，坐在主位的愛麗兒往前踏出一步。

「承蒙各位今天在百忙之中前來，實在是不勝感激。」

主辦的愛麗兒親自開場跟眾人寒暄。

從國王陛下的病情開始，到最近國內的大小情勢，並敘述在留學的過程中是抱著怎麼樣的想法思念著阿斯拉王國……然後，發動攻擊。

「好了，今天將各位貴賓召集到此處不為別的。是因為我有兩個人想介紹給各位認識。」

在愛麗兒語畢的同時現身的，是名佩戴著華麗飾品，充滿魅力的女性。

她從入口出現之後，從容地穿過會場，然後站到了愛麗兒身旁。

看到那張臉後，大流士瞪大雙眼。在貴族裡面也有人臉色鐵青地站了起來。

那就是帕普爾荷斯一族嗎？

「我在旅途中，偶然和她在某個場所相遇。她就是帕普爾荷斯家次女，朵莉絲堤娜小姐。」

被介紹的這名淑女——

朵莉絲拉起禮服裙襬，以艾莉絲絕對模仿不來的完美動作鄭重行禮。

「承蒙愛麗兒公主介紹，我叫朵莉絲堤娜·帕普爾荷斯。」

會場頓時鼓譟起來。

「她不是下落不明嗎？」「不對，我聽說她已經死了。」「原來還活著啊。」「居然長成這麼標緻的美人啊。」

這些交頭接耳的言論擁有一定的法則和方向性，最後被導向一個疑問。

「可是，她為什麼會在這裡……？」

「當我找到她，保護其人身安全時，她整個人非常虛弱。然而她卻說有些內心話希望能向在場的某位嘉賓表達，所以我才帶她來此。」
聽到這句話後，朵莉絲向前走去。
就這樣，她走到了坐在主位的大流士身旁。
朵莉絲以宛如看著豬的眼神盯著他……接著開始說道。
和她平常盜賊風格的說話方式不同。她嘴裡吐出的優美詞彙，任誰看了都會覺得她是貴族千金。
遭到家裡背叛，被大流士上級大臣買下的事情。
被大流士上級大臣當作狗飼養的事情。
在菲托亞領地消滅事件中差點被私底下殺死的事情。
幸運地撿回一條命，被盜賊領養，但卻成為大頭目的性奴隸這件事情。
然後，被愛麗兒所救的這件事情。
她語氣平淡地敘述著經過些許加油添醋後創作出來的故事。是個會讓所有聽眾都潸然淚下的捏造故事。隱瞞了朵莉絲成為盜賊的事實，變成她默默忍受一切的時候，被愛麗兒一行人偶然拯救，一個令人感動的故事。
在貴族之中也有人很做作地流著眼淚……那恐怕是愛麗兒事先安插的暗樁貴族吧。
除此之外，尤其是和大流士一夥的人，更是藏不住臉上困惑的神色。
帕普爾荷斯家的人，則是臉色蒼白地流著冷汗。

然而，唯獨主謀大流士卻一臉平靜。至少在表面上看不見驚慌失措的態度。

這表情就像是在說他至今已經跨越過好幾次這樣的絕境。

「我能說的話到此為止。」

朵莉絲說完了。

「那麼……」

愛麗兒走到前面。

她臉上掛著一如往常的清秀笑容，並開口說道：

「這真是令人驚訝啊。大流士大人。我原本也不想突然將這樣的事情公諸於世。哎呀，實在令人意外。沒想到大流士大人居然會濫用權力，誘拐貴族子女，甚至是當作你自己的性奴隸使喚……」

此時，愛麗兒的語氣突然變得高亢。

變化為要向大流士問罪，抨擊他的語氣。

「更何況，你竟然還利用身為政要的上級大臣地位做出這種事情！在這個阿斯拉王國，是罪無可赦的惡行！你有任何辯解嗎！」

大流士用鼻子哼笑一聲，從容不迫地挺起身子。

「看來今天的愛麗兒大人，玩笑似乎有些開過頭了啊。」

大流士維持著那酷似老狸貓的眼神，望向朵莉絲。

「居然帶來這種身分不明的女人，欺瞞眾人說她是帕普爾荷斯家的子女。哎呀，儘管本人大流士從來不缺這類謠言，但被人當面扯這種漫天大謊，倒還是第一次。」

大流士放聲大笑，同時環顧周圍。

他這個舉動的用意是在徵求在場眾人同意朵莉絲是冒牌貨。

「大流士大人，你是說剛才的話都是我的胡言亂語嘍？」

「那當然。愛麗兒大人，請容我反問一句。妳身上有任何東西，能證明那位朵莉絲堤娜小姐真的是帕普爾荷斯家的子女嗎？」

「朵莉絲堤娜。」

聽到愛麗兒示意，朵莉絲堤娜從胸前取出某樣物品。

是一枚戒指。

鑲著美麗紫色寶石的戒指。

在寶石裡面，還裝飾著馬的雕刻。

「紫水晶的馬雕塑。這的確是帕普爾荷斯家用來證明自己身分時所用的物品。」

大流士雖然這樣說著，但表情依然顯得綽有餘裕。

倒不如說，他露出了比剛才更惹人厭的笑容。

「原來如此，原來如此。既然她帶著那個，的確是帕普爾荷斯家的子女……」

大流士用下流的眼神，仔細地打量著愛麗兒和朵莉絲。

「雖然我想這麼說……」

大流士咧嘴一笑。

「哎呀，其實呢，我在前幾天，也才剛尋獲帕普爾荷斯家的次女朵莉絲堤娜小姐。」

「尋獲？」

愛麗兒歪頭表示不解。

「想必在場的各位都記得吧？大約一個月前，在王都展開了一次大型的追捕行動。目的是將潛伏在王都的盜賊團一網打盡。就是在那時找到的。朵莉絲堤娜小姐的……遺體。」

「！」

一個月前。這麼說來，他當時就已經做好對策了嗎？

「當然，那枚戒指似乎也流入了市場，難以辨別她的身分。可是，在朵莉絲堤娜小姐的身上，有著只有家人才知道的特徵。那個特徵，就是位在胸口的，新月形狀的胎記……」

他在說謊。不可能會有這種事。朵莉絲堤娜沒有那種胎記。應該沒有。

至少在她穿著露出度高的衣服時我有偷瞄過，感覺應該沒有。

「是這樣對吧？帕普爾荷斯現任當家，弗列塔斯．帕普爾荷斯大人？」

但是，我們沒有方法可以證明那是謊言。

要是帕普爾荷斯家當家在這裡承認這件事，就算是黑的也會變成白的。而且，假如他們要求確認的話，朵莉絲也沒有那種胎記。

該怎麼辦，愛麗兒？妳有準備什麼對策嗎？像是事先在胸口留下七道傷口之類？（註：出自《北斗神拳》）

從剛才開始，她就始終維持著撲克臉掛著微笑，但會不會內心其實心急如焚啊？

「……」

此時，疑似帕普爾荷斯家當家的男人站了起來。

這樣一看，原來如此，那張臉確實和朵莉絲有幾分神似。不過臉色蒼白，嘴角不斷顫抖的那個身影，倒是和輕浮的朵莉絲大姊頭一點也不像。

「吶，是這樣對吧？弗列塔斯．帕普爾荷斯閣下。你應該已經確認過屍體才對。朵莉絲堤娜小姐並非失蹤，而是已經身亡了。」

大流士邊發出猶如惡魔般的低喃，邊擺出本人自以為和藹可親的笑容。

「所以在場的這位女性，是自稱朵莉絲堤娜的冒牌貨。可以麻煩你如此宣言嗎？這也是為了結束這場鬧劇。否則，我可得命令這位淑女在眾目睽睽的情況之下露出她的肌膚了。」

大流士的餘裕。

愛麗兒的微笑。

弗列塔斯的戰慄。

會場內瀰漫著劍拔弩張的氛圍。就連只是在旁觀看的我，也感到喉嚨一陣口乾舌燥。

「我……我的女兒……」

弗列塔斯緩緩開口說道。

「我的女兒，被大流士上級大臣……給奪走了……」

但是他的回答，卻出乎眾人意料。

大流士立即放聲大喊。

「弗列塔斯閣下！你在胡說什麼！」

「站在那邊的，毫無疑問是我的女兒朵莉絲堤娜。愛麗兒大人，請對綁架我心愛的女兒，監禁她，汙辱她的大流士上級大臣給予制裁！」

大流士撞開椅子站了起來。

「少在那胡言亂語，弗列塔斯！你應該帶在身上吧！那張為了確認身分而蓋過章的證明書！」

「……大流士大人。您說的東西，根本不存在。」

「……唔！」

愛麗兒露出淺淺的冰冷笑容。

喔喔，是這樣啊。也對。這是當然的嘛。愛麗兒早就讓帕普爾荷斯家倒戈了。她預測到大流士的技倆，事先做好了對策。

手段實在高明，真想向她看齊。

「那麼，大流士上級大臣。帕普爾荷斯家當家都這麼說了……」

不知為何，愛麗兒的笑容看起來好討人厭。

「誘拐貴族子女，將其監禁，加以凌辱……儘管你是王國的重鎮，但罪即為罪。你是無法逃避的。想必你將會依據王國的法律，得到應有的制裁。」

大流士的表情扭曲了。

扭曲得很是醜惡，還猙獰地環視周圍。

在場已經沒有人站在大流士那邊了。被徹底將死到這個地步，想必已經沒救了。儘管要是有人肯為大流士說情，那他說不定還有得救的機會，但大部分的人都不想淌這灘渾水，畢竟要是站在他那邊而被質疑為共犯，根本是得不償失。

要說為什麼的話，因為現在的狀況對他們而言，即使少了大流士，第一王子格拉維爾的勝利依舊無可動搖。因為格拉維爾和大流士趁愛麗兒不在的這段期間，已經完全鞏固了地盤。

換句話說，要是在目前的階段少了大流士，一旦格拉維爾獲得勝利，自己的地位還能再往上晉升一階。不僅如此，要是能夠接替大流士的位子，在前方等著的便是阿斯拉王國最上級貴族的生活。

至今都站在自己這邊，始終對自己搖尾乞憐的對象在此時背叛。

大流士已經玩完了。

愛麗兒勝過了大流士。接下來就算什麼都不做，大流士肯定也會遭其他貴族逼下台。即使以法律制裁的結果影響不大，只要能扯別人後腿就會主動出擊。這就是阿斯拉貴族。

在場的人之中，只有一個人會因為失去大流士感到困擾。

那就是一旦大流士垮台，過去和他一起幹盡的壞事說不定也會被公諸於世的那個人物。

「還真是吵鬧的宴會啊。」

就像是計算好時機似的，那傢伙出現了。

有著務實長相的金髮中年王子。

第一王子格拉維爾。

他從主位的方向走近，以一派輕鬆的表情瞪視愛麗兒。

第二回合要開始了。

★　★　★

格拉維爾·札芬恩·阿斯拉。

他筆直地移動到愛麗兒的面前。

「愛麗兒，在父王重病之時，妳居然引起這樣的騷動，到底有什麼打算？」

「說什麼騷動……我只不過是守護了貴族的名譽而已。」

「我是要妳考慮時間和場合。」

格拉維爾不悅地搖了搖頭。

「在父王病倒的現在，大流士上級大臣的手腕，對阿斯拉王國而言是不可或缺的存在。」

「即使如此，罪即是罪。」

「就算是罪，身為上級貴族的大流士，以及中級貴族帕普爾荷斯。對國家而言究竟該取捨哪一邊，就算不說妳也應該明白吧？」

這傢伙明日張膽地講著比較優劣的口氣。如果是在高呼人人平等的前世，想必會引來抨擊的聲浪，但這裡是阿斯拉王國。人與人之間並不平等，是由接受這個想法的人們交織而成的世界。

「是啊，這是理所當然。但是哥哥，容我再重複一次，罪即是罪。倘若不進行制裁，國家便無法存續。」

「罪嗎……原來如此。確實，妳說得沒錯。但是愛麗兒啊。必須揭露罪行，並給予懲罰的對象，在場的人可說是比比皆是。難道妳打算將這些人全部懲罰嗎？」

「是的，那當然。如果有必要的話。」

言外之意，就是對愛麗兒來說不必要的話，便不會給予處罰。

能夠強行通過這種道理的阿斯拉王國，確實已經徹底腐敗了。

「哼，我說不需要對大流士進行制裁，而妳卻說有其必要。」

格拉維爾哼笑一聲，對愛麗兒擺出了游刃有餘的笑容。

「這樣根本沒有交集。」

「你說得沒錯。」

格拉維爾一臉無奈地搖了搖頭，接著環視周圍後說道：

「靠我們兩人無法似乎無法做出結論。平常負責在這種場合做出決斷的大流士上級大臣，如今也是當事人……既然這樣……」

說著說著，格拉維爾環視周圍。

他打算怎麼做？

「依照慣例，以投票表決來決定如何？畢竟在場難得聚集了這國家幾乎所有的重鎮。不如讓他們來決定如何？看看我和愛麗兒，誰才是正確的一方。」

真民主啊……雖然可以這樣想，但不是這麼一回事。

這其實是在詢問周圍的貴族。

是要跟隨愛麗兒，還是要跟隨格拉維爾，你們認為哪一邊會贏。

而他的言外之意，便是在這裡服從我的人將能相安無事，但要是做出成為敵人的這種愚蠢選擇，只有被肅清一途。

「……」

貴族們絲毫沒有動搖。

想必他們早已料到這樣的時刻總有一天會到來。
或者說，在第二王子哈爾法斯和第一王子格拉維爾之間，已經上演過這樣的對決。
不管怎麼樣，貴族們必須在這裡做出抉擇。究竟要跟隨愛麗兒，還是要跟隨格拉維爾。
不是在私底下決定要跟隨誰，而是要當面表明要支持哪一邊。
他們得觀察現場的狀況做出判斷。
大流士已被擊垮。對於格拉維爾派而言是很沉重的打擊。
但是，格拉維爾派依舊留有許多具有影響力的人物。
四大地區領主、諾托斯、伯雷亞斯。除此之外還有幾名上級貴族也站在格拉維爾那一邊。
從戰力差距來看，格拉維爾的勝利可說是毋庸置疑。
然而，當貴族開始這樣認為的時候，愛麗兒卻莞爾一笑。
「說得也是，哥哥。但是，在那之前。我還想再跟各位介紹另一個人。」
「什麼？」
愛麗兒彈了一聲響指。
在陽台外側待命的隨從埃爾莫亞，用戒指發出了訊號。
在下一瞬間。
爆炸聲響起的同時，窗外燃起了一道火柱。
這是中級火魔術「火柱（Flame Pillar）」。透過無詠唱增幅到極大上限的那道火焰，一邊燃燒著城牆同時往天空竄去。不用說，這是希露菲炒熱氣氛的演出橋段。

「怎麼回事……喔喔！」

「……！」

「怎麼可能……！」

貴族們看到了往上竄燒的火柱。

但是，他們並非對此感到詫異。這種程度的魔術，在王都早已是見怪不怪。

他們看著的，是更遠處的地方。

在那裡，有著無論如何都不可能在王都見到的物體。在火柱的火光照耀之下，浮現在夜空之中的巨大黑影。

「空中要塞！」

「是什麼時候靠得這麼近的……？」

空中要塞 Chaos Breaker。

莊嚴的城堡，以甚至會讓人感到敬畏的速度緩緩地朝這邊逼近。以幾乎要撞上王城的高度低空飛行。對此感到震撼的貴族們全都注視著窗外。

停止了。就在正上方。

空中要塞停在王城銀之宮的正上方。

「……」

現場肅然無聲。

不過話又說回來，佩爾基烏斯打算怎麼從上面下來？總不會是直接飛下來吧……不對，仔細想想，他可是轉移、召喚魔術的權威。

不過是轉移到正下方，應該不成問題。

「莫非……那位大人要出現在這裡嗎……」

「……」

「怎麼可能，不對，可是……」

某個人這樣低聲說道。

其他貴族也一改剛才緊繃的心情，轉而以興奮表情看著窗外。

隨從埃爾莫亞站在末位的門前就定位。

雖然也有貴族對那人怎麼不是坐在上座感到疑惑，但沒有人能做出回答。

不久之後，聽到了腳步聲。

從叩叩的規律聲音聽來，對方只有一個人。但是在貴族的護衛之中，也有人察覺到氣息並非只有一個人。

是十三人。

注意到氣息數量的人，不禁渾身打顫。因為，和傳說中如出一轍。

腳步聲在門前停了下來。

「大人已大駕光臨。」

聽到埃爾莫亞這句話後，有好幾個人倒抽了一口氣。

於是，門打開了……會場內的氣氛頓時搖身一變。

「……喔喔，那副英姿，確實是！」

披著白色披風，銀髮金眼的男子。儘管和肖像畫略有不同，但卻擁有壓倒性氣勢的那男人現身了。

身邊還帶著十二名僕人。

戰慄、畏懼、景仰以及憧憬。他接受著各式各樣的視線，同時穿過會場前進。

然後，來到了愛麗兒以及格拉維爾面前。

十二精靈以六人分為左右兩排，往會場的兩側移動。

其中一排，走到以愛麗兒護衛的立場站著的我旁邊；另外一排，則是走到以大流士護衛的立場站著的奧貝爾旁邊。

些許盛裝打扮的希爾瓦莉爾走到了我旁邊。雖然戴著面具無法看出表情，但她今天似乎心情不錯。

「今日承蒙招待，實在是令吾受寵若驚。愛麗兒．阿涅摩伊．阿斯拉啊……吾來得有些晚了嗎？」

「不會，畢竟主角總是姍姍來遲。」

佩爾基烏斯哼笑一聲。愛麗兒也以滿臉笑容回應。

至於格拉維爾則是一臉不知所措。他瞪大雙眼，抬頭望著身材高大的佩爾基烏斯。

此時，愛麗兒像是在炫耀勝利一樣向他這麼說道：

「各位，請容我向大家介紹。這位就是『殺死魔神的三英雄』之一。『甲龍王』佩爾基烏斯·朵拉大人。」

佩爾基烏斯沒有低頭，只是以眼神傲視周圍。

在場的貴族都慌張起身，並馬上低頭跪下。

「吾乃佩爾基烏斯·朵拉。」

那充滿王者氣息的舉止，與他實在非常相稱。

佩爾基烏斯很偉大。甚至讓我認為……他搞不好還在當代國王之上。

「行了，各位，抬起頭來。今晚吾也只是應邀而來。雖說只是一時，但彼此都是出席參加這次宴會的伙伴。毋需如此敬畏。」

聽到這句話後，貴族們雖然感到困惑，也依舊挺起身子回到座位上。

此時，佩爾基烏斯發出了疑惑的聲音。

在桌上子有三張空位。而且還是從主位排下來的三張位子。

目前站著的人有三個。

是愛麗兒、格拉維爾以及佩爾基烏斯。

「喔喔，這真是傷腦筋啊。有三張空位。那麼，愛麗兒・阿涅摩伊・阿斯拉。格拉維爾・札芬恩・阿斯拉。吾該坐在哪才好呢？」

「……！」

格拉維爾倒吸了一口氣。

我可以聽見貴族嚥下口水的聲音。

這是客套話。不只是我，任誰都知道這點。是誰呼喚佩爾基烏斯來的，在什麼時間點找來的。

「那……當然……請您……坐在第一主位。」

格拉維爾以顫抖的聲音這樣說道。

他不得不這麼說。現場的氣氛吞噬了他的意志。

明明佩爾基烏斯沒有決定國王的權力，明明佩爾基烏斯沒有決定座位的權力。

為什麼非得要讓給佩爾基烏斯不可？

原本，其實有能夠冷靜指責這件事的人在場。

但是，如今已經不在了。在是還在，但他考慮到自己的立場，猶豫著是否該開口。

想必貴族們也注意到了。在這齣猴戲之前，為什麼要舉發大流士的理由。

於是，佩爾基烏斯這樣說道。

沒有任何人來阻止，好似理所當然般如此說道。

「不。吾已經離開這個國家太久。不該奪去下任國王的位子。」

佩爾基烏斯拍了愛麗兒的背。

在提及下任國王的時候，拍了愛麗兒的背。

「愛麗兒啊，那個位子就由妳來坐。吾就坐在旁邊的位子吧。」

這一瞬間，在場的貴族都領悟到了。

下任國王已經決定是愛麗兒了。

★ ★ ★

愛麗兒勝利了。

她利用我壓制奧貝爾，利用自己的力量壓制路克，利用朵莉絲壓制大流士，利用佩爾基烏斯壓制格拉維爾，成功取得勝利。

不過，雖說今後她的戰鬥還會再持續進行下去，但至少在這個瞬間——

大流士和格拉維爾沒有比佩爾基烏斯更強的牌。

對大流士，以及格拉維爾來說。

「……佩爾基烏斯大人！」

希爾瓦莉爾大叫的瞬間，天花板塌了下來。

受到水晶燈波及，一名貴族被直接壓在底下。飛散四處的瓦礫，也使得好幾名貴族受傷，但規模並不大。

天花板猶如要破壞桌子中央一般砸了下來。

不對。並非天花板。落下的是一名人類。她打破了天花板，從上面一躍而下。

嬌小的身軀，遍布深厚皺紋的肌膚。她把美麗的黃金色佩劍像拐杖一樣杵在地上。

那名老婦站在那裡。

「真傷腦筋，原來夢境裡警告的是這件事啊……」

她一邊喃喃自語，同時降落到「排場」。

接著她睥睨了周圍後，如此說道：

「喂，我來幫你了。」

水神列妲·莉亞。

她朝著大流士這樣說道。

現在，人神打出了他最後一張牌。

第十話「魯迪烏斯的戰場」

水神流有五種奧義。是初代水神所領悟的最強奧義。

在五種裡面，只要能使用三種，就能被稱為水神。儘管在歷代水神之中，有許多人學會了四種奧義，但是能將五種奧義全部掌握的，也就唯獨初代一人。

水神列妲·莉亞也不例外，她學會了三種奧義。

她是名老婦。早已過了全盛期，如今只能不斷衰老下去。

但儘管有這個不利條件，為何她至今依舊能冠以水神之名？

被選為阿斯拉王國的劍術指導之後，過了十幾年。將這份職務讓給後進之後，也已過了十幾年。

為何她至今始終冠有水神的名號？

是因為她的才能出眾？

這的確占了部分原因。水神列妲毫無疑問是個天才。和歷代的水神相較之下也毫不遜色。但就算如此，也不可能戰勝年邁這個不利因素。

那麼，是因為其他人沒有才能？

並非如此。目前有幾個人同樣習得了三種水神流奧義。但是，沒有任何人打算取代列妲成為水神。他們認為自己實力並不相稱，應該讓列妲繼續擔任而辭退，屈居於水帝的地位。

為什麼？

因為水神列妲，能夠使用在五種奧義之中被認為最為困難的兩種奧義。

因為她將奧義重新組合，創造出堪稱夢幻技巧的第六種奧義。

「剝奪劍界」。

無論對手是在前後左右上下，四面八方三百六十度任何地方，她都能以某個姿勢出手砍殺對方。只要敵人一動，她就能反應那個動作，徹底斬斷一切。

「誰都別動啊。要是不想變成這樣的話。」

列妲現身之後，最快採取行動的是佩爾基烏斯的屬下，「光輝」的阿爾曼菲。

他霎時間就繞到列妲的背後……然而，卻在下一瞬間就被一刀兩斷。

沒有留下屍體，化為光之粒子消散而去。

下一個行動的也是佩爾基烏斯的屬下，「波動」的托洛菲摩斯。他只把手朝向列妲，打算擊放某種攻擊。

不，他已經攻擊了。

但是，列妲只是在一瞬間將劍傾斜，托洛菲摩斯就被砍成兩半，同樣化為光之粒子消散而去。

再接著行動的人是我，當我往戴在手指上的戒指輸送魔力的瞬間，手掌就被砍斷了。

不對，應該說差點被砍斷。

被砍斷的是護手的前端部分，我的左手依舊健在。只是看到護手突然間消失，害我也只能僵住不動。

下一個動的人是一名上級貴族。他試圖搶先逃離會場，腳筋就被砍斷了。

他因疼痛而發出慘叫後，又挨了一次斬擊而暈了過去。看來是用刀背。

每個護衛都動彈不得。

無論是可能會率先行動的艾莉絲、基列奴、愛麗兒、佩爾基烏斯、佩爾基烏斯的屬下，還有我也是。

所有人都被列妲釘在原地，動彈不得。

每個人都意識到這個房間之內全都是列妲的攻擊範圍。理解到要是輕舉妄動，一瞬間便會命喪黃泉。

「……好像沒有人要動是吧。那麼，奧貝爾。」

被喊到名字的奧貝爾也僵在原地不動。因為像他這種層級的劍士，也無法在列妲的重壓下倖免於難。

「有……有什麼事嗎……？」

「愛麗兒和佩爾基烏斯……對了，還有泥沼。快點把他們的頭砍下來。」

列妲語畢，唯獨奧貝爾一人變得能夠行動。

他一臉困惑地看著列妲。

「在……在下嗎？」

「是啊，你不動手是要誰來動手？」

「可是……」

奧貝爾在這時瞄了艾莉絲一眼。列妲用側眼看到這幕，用冷靜的眼神吐了口口水。

「敵人裡面有艾莉絲在你就弱掉了啊。不管是在森林襲擊的那次，還是夜路襲擊那次也是，老是幹些半吊子的事情，就算是像你這樣的卑鄙傢伙，也想在弟子面前裝成劍士。」

列妲的姿勢不變，只有嘴巴很惡毒。

「你啊，是為了什麼才讓別人花那麼多錢僱用你的？只是為了仗著北帝的名號賺錢，因此失去了三名師兄弟。然後還袖手旁觀打算看著雇主死去嗎？」

「……」

「你啊，應該是更骯髒的傢伙吧？」

「……說得沒錯。」

奧貝爾動了。

他用右手拔劍，朝著宴會會場的右前方，也就是愛麗兒所在的方向走去。

不妙。怎麼辦？該怎麼辦才好？我沒辦法動！

這是人神的一步棋嗎？不過派出了水神一個人，就變成這樣。

奧爾斯帝德有告訴我對應水神的方法。他很直截了當地說「以不要變成這樣為前提行動」。

萬一看到水神，要在她擺好架式前逃出她的視線範圍。不管是往前也好，往後也好，往上也好往下也好。要趁還能動時動起來逃跑。

明明他已經交待我了，這樣一來……

「……什麼！這是！」

這時，負責警備城堡的人們衝入了房間之中。

是一群身穿鎧甲的騎士。不對，那身銀色鎧甲……是見習騎士？

「把……把劍扔掉……！」

「不准動！」

列妲一聲吆喝，成功阻止了見習騎士。然而，其中卻有一個人無視忠告，向前走上了幾步。

那名人物在沉重的壓力之中走了幾步後，脫下了頭盔。

從頭盔底下出現的，是我也有印象的人物。

水王伊佐露緹．克爾埃爾。

為什麼她會在這裡？今天，這個日子，在城堡裡應該沒有騎士戒備才對。

是大流士嗎？他為了以防萬一，預測到會發生這種狀況，而安排了見習騎士？

還是說只是單純的偶然？

「師傅，為什麼……這到底……是怎麼回事？」

「哦，伊佐露緹啊……」

「居然在這種場合使用奧義……！」

「好好好，我來給妳說明。今天這個地方呢，是水神列妲和北帝奧貝爾所犯下的行凶現場。」

「行……凶？」

伊佐露緹皺起眉頭，列妲繼續說下去。

「我們兩人共謀……對了，就當作是被王龍王國僱用的吧。我們被莫大的金錢沖昏了頭，打算暗殺王國的重要人士。當愛麗兒和其他幾人被慘殺的時候，我們被偶爾在場的妳這名見習騎士斬殺。伊佐露緹．克爾埃爾將會成為英雄，水神流也得以存續下去。」

列妲大笑一聲，轉頭望向第一王子。

「嗯，這個劇本寫得挺不錯的嘛。早知道我應該當個作家呢……就拜託你以這方向對外宣稱嘍，格拉維爾小弟。」

「您到底在說什麼傻話啊，師傅……？」

當伊佐露緹打算向前跨出一步時，停下了腳步。

恐怕是因為列妲的殺氣捕捉到伊佐露緹了吧。

「……快點動手啊，奧貝爾。」

「……」

「搞什麼？你是覺得這樣會使得北神流的地位下跌嗎？少開玩笑了，我可是在幫你這無能的傢伙擦屁股啊。別到了這地步還畏畏縮縮的，快點做好覺悟吧。」

奧貝爾重新把劍握好，轉向愛麗兒的方向。

但是，他的頭卻猶豫地晃呀晃。他還在迷惘。

「你在幹什麼！奧貝爾！快點殺了愛麗兒！旁邊那個沒落貴族也一起殺了！」

看不下去的大流士大聲喊叫。

他說的沒落貴族，應該是指朵莉絲吧。也對，畢竟對大流士而言，不僅是愛麗兒，如果朵莉絲也死了的話對他更好。

要是留下證據，一旦格拉維爾登上王位，他就會遭到自己人陷害。

「別管之後會怎麼樣！我會想辦法解決！」

聽到大流士的叫喊，似乎讓奧貝爾下定了決心。他帶著和方才有些不同的表情，重新面對愛麗兒。

啊啊，不妙。這個狀況，是不是沒救了？

「嘖……」

艾莉絲打算採取行動。她想不管三七二十一逃離列妲的結界。

「艾莉絲，不可以。」

「可是……」

「求求妳，住手。」

「那到底該怎麼辦啊……」

我不想看到艾莉絲喪命。

可是，該怎麼辦？我該怎麼做才好？不知道。要是全體一起行動的話？

不，根本行不通。這不是這麼做就能破解的技巧。更何況先不說我，其他人都遠遠超出了攻擊範圍。

佩爾基烏斯在做什麼？

他從剛才開始就動也不動。

不對，他用一臉無趣的表情看著我。那張臉就是像在觀察我打算怎麼處理這個狀況。明明已經死了兩名屬下，他的臉卻看不出一絲焦慮神情。

說不定他有什麼計策？要拜託他嗎？

不對，沒那個時間。奧貝爾已經幾乎要對愛麗兒下殺手了。根本沒時間懇求他伸出援手。

已經沒辦法了。我必須採取行動。對奧貝爾和列妲，兩個人同時發動攻擊。

要用的魔術是「電擊（Electric）」。

儘管會波及到周遭，但現在已經顧不了那麼多了。就算沒辦法成功擊倒，如果是電擊的話或許能讓他們動彈不得。說是這麼說，但水神流有辦法彈開魔術攻擊，想必成功率很低……

「魯迪烏斯……你要動手對吧？」

艾莉絲似乎察覺我的氣息。微微動了手指，用視線對我做出暗號。

死的時候也要一起死嗎……希露菲，拜託妳幫我們收屍了。

「……唔！」
然而就在這個時候，有某種感覺貫穿了我的身體中心。
「這……這是……！」
奧貝爾身子猛然顫抖，動作也跟著停了下來。列妲的額頭則是開始流下大量冷汗。
不對，不僅是他們兩人。幾乎在場的所有人類都開始渾身顫抖。雖然因為列妲的結界而使得動作中斷，卻依舊臉色蒼白，不寒而慄。
這時我才注意到原因。啊啊，太好了……
看來剛剛的魔力有確實流通到戒指裡面。
「這下糟了呢……大流士，都怪你說些多餘的事情……」
「……什……什麼？發……發生了什麼事？這股寒氣到底是……！」
「計畫變更。奧貝爾，抱歉啊，能麻煩你馬上帶大流士從這個地方逃走嗎？」
聽到列妲這句話後，奧貝爾歪著頭反問：
「為什麼是大流士？不是格拉維爾殿下嗎……？」
「這個嘛，意思就是像我這樣的老太婆，也不會忘記恩情啦。」
列妲淺淺一笑。
「給我快點！再這樣下去不管敵我都會被趕盡殺絕的！」
聽到這句話後，奧貝爾思考了一瞬間便點頭答應。他抓住大流士的手臂，把那沉重的身軀拖到了其他地方。

「往這邊。」

「唔……嗯……」

奧貝爾選了和見習騎士們進來的入口不同的方向離開。

沒有人可以阻止他。

由於被列妲釘在原地，誰也動彈不得。

「……」

現場頓時鴉雀無聲。

「哎呀哎呀，不知道能逃多遠呢。況且也不知道對方會不會先來我這邊……」

「……為什麼？」

此時，有人開口詢問。

是愛麗兒。她即使在臨死之際，也依舊面不改色。只是，她似乎對列妲為何要救大流士一事感到疑問。

我也對這點感到不解。

「為什麼，為什麼啊……真是群囉唆的傢伙。沒什麼，這也不是什麼稀奇的事。」

列妲看起來很愉悅。

「這是一個老太婆還是一名年輕小女孩時的事了。被世人讚揚為天才，就得意洋洋的一個小女孩，把在道場的同年貴族少年打得體無完膚……後來呢，遭到了報復。在被團團包圍之下，寡不敵眾，沒兩三下就被打得半死不活。就在身為劍士性命的雙手差點被砍斷的時候，有人出手救了我。是個比那名貴族地位更高的一名貴族少年。」

……咦？那個人就是大流士嗎？

「我成為水王後，被提拔為劍術指導。想說要趁機為當時的事情道謝，結果他已經變成像現在這樣的肥狸貓，不僅個性變扭曲，甚至也不記得我了。」

……

「當然啦，我也感到很失望。畢竟就算他相貌不揚，我還以為他是個打從心底富有正義感的人。如果還能再遇到那個人的話，我就……我還曾想過這種充滿著少女情懷的事兒呢。」

列妲望向遠方。

甚至讓我產生了現在說不定可以動的錯覺。

「於是，少女的初戀就這樣告終了…可是啊，還不到怨恨的地步，和他當初救我一命的恩情抵掉了。」

彷彿像是在懺悔一般。

列妲在短暫的時間裡，用簡短的話語，說著任誰都沒有興趣的往事。

「老實說，連我自己也忘了這件事。可是，在返回阿斯拉的途中，突然在夢裡收到了啟示。說什麼只要我作為水神再次回王宮任職，就能回報當時的恩情。」

是人神嗎？

然後現在，和人神敵對的男人，正朝向這邊過來。

一邊散發著壓倒性的不祥氣息，同時以驚人速度在城堡裡奔馳的一名男子。

想必奧貝爾是選擇和那名男子的相反方向逃跑吧。儘管他沒有探知氣息的能力，但他就是能自然而然地感受到。奧貝爾是對那種氣息很敏感的男人。

「讓人想笑對吧。明明我也老早就把這件事忘記了。」

「……」

「可是，我活到這個歲數才想通了。撇除掉戀愛關係，以全新的心境好好思考之後，才發現救命之恩豈止沒有抵銷，根本就原封不動地保留在那嘛。」

說到這裡，列妲睜開眼睛。

「……看樣子是來了啊。」

門被猛然打開，走進來的是一名男子。

「咿！」

看到那個身影後，在場的每一個人都感到恐懼。

有人失禁，也有人跌坐在地上。甚至還有人對他抱有敵意。

只不過，所有人心中幾乎都湧起相同的念頭。

「所有人都會死」。

銀髮、金眼，露出危險又恐怕的表情的一名男子。
奧爾斯帝德就站在眼前。
「好久不見了啊。你是為了超渡我這個時日無多的老婦而來的嗎？」
「沒錯。因為妳是人神的使徒。」
「使徒啊……因為之前還不是使徒，你才會放我逃走嗎？真傷腦筋，在最後的最後竟然要和這種不得了的對手戰鬥。」
奧爾斯帝德環視會場之後，便一直線朝列妲走去。絲毫沒有任何猶豫。
「『剝奪劍界』。」
列妲的身體晃動出殘像。劍的形狀沒有固定。每當奧爾斯帝德往前邁出一步，就會飛來一道黃金劍氣。而劍氣殘留的影像，將奧爾斯帝德與列妲之間用金色的線連結起來。
劍氣全部都被擋下了。
奧爾斯帝德的周圍飛散著火花。
他正以空手將劍擊彈開。
一步、兩步、三步。他越是接近，火花的數量也越是增加，威力也隨著不斷上升。
即使如此，奧爾斯帝德也沒有停下腳步。轉眼之間已經移動到列妲眼前。
「去死。」
然後，非常簡單。真的是輕描淡寫地就貫穿了列妲的胸口。

奧爾斯帝德的貫手貫穿了列妲，隨後身體像破抹布一樣被甩到旁邊。

「奶……奶奶！」

伊佐露緹大喊，殺界也在同時消失。

但是，宛如時間暫停了一般，任誰都沒有動作。在場沒有人能理解為什麼會演變成這種狀況。只是任憑恐懼支配著自己，覺得下一個會輪到自己。

第一個動的人是伊佐露緹。她拔出佩劍，用顫抖的雙腳站著對奧爾斯帝德擺出架式。

「你竟然……把師傅……！」

「……」

奧爾斯帝德像是什麼事也沒發生一樣，從陽台一躍而下。

伊佐露緹快速追了上去，衝向陽台。

「魯迪烏斯先生！」

此時，愛麗兒像是被瞬間解凍般大聲喊叫。

「請你去追大流士和奧貝爾！不能讓他們逃跑！」

隨著愛麗兒宛如怒吼的這句話，時間又開始轉動。貴族們爭先恐後地逃出房間，而陪伴的護衛也緊跟在後。我、艾莉絲以及基列奴三個人則是衝出房間追趕大流士。

「魯……魯迪？發生了什麼事？」

此時，正要和我們換班的希露菲出現在眼前。

她還沒有掌握目前的狀況。

怎麼辦？要帶她一起去嗎？

不對，伊佐露緹還在房間裡面。她正從陽台呆滯地俯視著外面。

看來她放棄追趕奧爾斯帝德，不過……

「希露菲，妳去保護愛麗兒大人！要小心伊佐露緹！我們去追大流士！」

「知道了！」

讓希露菲和路克作為愛麗兒的護衛留下來吧。

情急之下這樣判斷後，我們朝房外飛奔而去。

我還不明白愛麗兒為什麼大叫著要追趕大流士。

老實說，現場的趨勢已經底定。就算讓大流士逃走也無關痛癢才是。

之所以會有這種想法，是因為聽了水神剛才說的往事吧。

愛麗兒說要追肯定有其他理由。因為她和我一樣，都是龍之犬。既然如此，她或許是認為不能夠放過身為人神使徒的大流士。

不管怎麼樣，要殺了大流士。這是打從一開始便決定的事情。

「這邊！」

我們跟著基列奴的嗅覺在走廊奔馳。艾莉絲和基列奴對愛麗兒的指示沒有任何疑問。因為敵人逃走了所以追趕，狠狠咬死。她們恐怕是在這種單純思考的催化下，以甚至讓人覺得勇猛的速度快速地在走廊上奔馳。

警備很少。

雖說並非完全沒有，但他們在追趕的人好像和我們不同。

他往王宮的方向逃了！聽到這樣的聲音，難道他們在追的人是奧爾斯帝德嗎？

「……看見了！」

沒有任何人來礙事，過了幾分鐘後便輕易追上。

奧貝爾扛著大流士笨重的巨軀，氣喘吁吁地發出像是快死的喘息聲，在走廊的角落移動。

「……嘖！」

奧貝爾以銳利視線轉頭望向後方，嘖了一聲。以扛著的方式支撐大流士，迅速逃進了附近的房間。

我們也立刻衝向了那間房間……然而卻停下了腳步。

眼前是跪倒在地上的大流士，以及拔劍擺好架式等著我們的奧貝爾。

「……唔……唔！嘎哈……呼……」

大流士癱倒在地，但依舊狠狠瞪著我。

「怎……怎麼可能會有這麼荒謬的事。這……這根本有問題。」

「可是啊，大流士閣下，畢竟人生漫長，遇上這種狀況在所難免。我認為現在應該下定決心，為了脫離窘境而動動腦袋喔。」

回應大發牢騷的大流士的人是奧貝爾。

然而，大流士卻滿臉通紅地反駁。

「我可是按照神明的指示去做的啊！我怎麼可能會被逼到絕境！」

「……哎呀呀，您還真是虔誠啊……那麼，現在是否能請你至少調整一下呼吸，為在下的勝利祈禱呢？」

奧貝爾搔了搔臉頰，以無奈的表情重新架好劍。他在我們面前，第一次站在正面擺出架式。

然後，他報上了名號。

「『北帝』奧貝爾．柯爾貝特。」

艾莉絲拔劍擺出大上段架式，基列奴則是擺出居合架式。

「『劍王』艾莉絲．格雷拉特。」

「同為『劍王』，基列奴．泰德路迪亞。」

我是不是也報上名號比較好？當我猶豫的時候，大流士整個人彈起來指著艾莉絲。

「那頭紅髮！妳是伯雷亞斯嗎！妳這傢伙，是伯雷亞斯．格雷拉特家的人吧！」

艾莉絲被對方用手指著，一臉厭惡地皺起眉頭。

「……已經不是了。」

「我……我可是給了伯雷亞斯十足的好處啊！」

大流士不在乎艾莉絲的回答，口沫橫飛地大聲嚷嚷。
「在菲托亞領地消滅的時候，我也出了很多錢啊！」
話說起來，菲托亞領地搜索團的資金，好像是大流士出資的來著……？
儘管我聽說那是他別有居心，但被針對這點指責的話，我確實有點下不了手。
畢竟不管出資者是否別有居心，的確是有許多人因此受到幫助。
「跟我沒關係！」
艾莉絲不屑一顧。真了不起。
「我……我還幫了詹姆士啊！」
詹姆士。伯雷亞斯家的當家，是艾莉絲的伯父吧。
「讓那傢伙成為當家，幫助受到貴族總攻擊而幾乎奄奄一息的伯雷亞斯重新站起來的人也是我啊！」
那種事倒是無所謂。
「拜此所賜，菲托亞領地才能順利地進行復興啊！」
不不不，說謊可不行啊。
「我在來王都的途中有看到，不過菲托亞領地的復興工程看起來好像完全沒有進展？」
「少在那不懂裝懂了臭小鬼！要是伯雷亞斯被完全擊垮，菲托亞領地早就被其他領主瓜分掉了，會變得比現在更加荒涼！」

聽他這麼一說，確實有那種感覺。

所以他是這個意思吧？就目前的狀況來看復興進度確實停滯不前，但即使如此，和其他路線相較之下已經算比較像樣了是嗎？

「既然這樣，那你明明也可以救紹羅斯爺爺一命啊……」

我從嘴巴不經意地說出了這樣的話。

然而，大流士的臉色卻出現激烈的變化。

「紹羅斯？別開玩笑了！像那種分不清現實的莽夫能做什麼！那個男人打算把伯雷亞斯的所有財產拿來復興菲托亞領地，根本沒考慮會有什麼後果！」

「……」

我認為這是非常有男子氣概的選擇……

也對，從剛才那番話聽來算是錯誤決定。

要是一族破產，到頭來也只會成為其他領主的盤中飧。

「詹姆士為了這件事還來向我哭訴，我可是幫了他一把啊！煽動皮列蒙，把想要強行揮霍資產的紹羅斯逼到絕境殺了他，還穿針引線，讓詹姆士坐上當家的位置！伯雷亞斯現在還能存續在世上，菲托亞領地依舊能夠存在，全都是我的功勞啊！所以快救我！你們就放我一條生路吧！」

啊啊……是嗎，原來是這樣啊。

這樣可不行啊。
他煽動皮列蒙處死紹羅斯，換句話說——
「也就是說，你就是祖父的仇人吧。」
「原來如此，是這麼一回事啊。」
聽到艾莉絲的結論，基列奴點頭同意，露出凶牙，舉起佩劍。
「那麼，就砍了。」
「咿！」
大流士發出簡短的慘叫，奧貝爾嘆了一口氣。
「交涉破裂了啊。」
於是，最終回合開始了。

「呼……呼……」
大流士也做好覺悟了嗎？
他在附近的椅子上坐下，露出正經八百的眼神，同時調整紊亂的呼吸。剛才大吼大叫的模樣宛如騙人似的，態度看起來冷靜沉著。
「奧貝爾，能贏嗎？」
「這個嘛，如果只有兩名劍王的話不算什麼，但是那個魔術師很棘手啊。」

奧貝爾背對著大流士，把劍朝向這邊。他的表情十分冷靜。

但是，他的視線卻漂移不定。唯獨眼球始終動來動去。這就是所謂的散眼嗎？（註：出自《刃牙》，讓眼球像變色龍一樣上下左右動作的技術）

「…………我知道。神也這麼說過。」

「神說了什麼？」

「他說，身穿老鼠色長袍的魔術師會來殺我……不過，我相信祂所說的話，不顧周圍的反對堅持破壞魔法陣，把你調回來鎮守王都，結果卻淪落到這樣的下場。我不會再相信祂了。」

意思是人神在私底下也動了許多手腳嗎？

和奧爾斯帝德說的一樣，人神看來不擅長下棋。如果是無雙類型的遊戲他或許會玩得很開心吧。

「設法解決他們。我就是為此才僱用你的。多對一是你的拿手好戲吧？」

「遵命……如果在下贏了，就會收取特別報酬，沒問題吧？」

「嗯，我會遵守約定，你就拿去吧。」

在兩人交涉完畢後——奧貝爾感覺重新鼓起幹勁，轉向了這邊。

這次是從正面攻來。看到這個舉動，艾莉絲和基列奴都重重沉下腰，擺好架式。

「北神流……『赤墨』。」

「嘎啊啊啊啊啊啊！」

「嗚啦啊啊啊啊啊！」

奧貝爾低喃的瞬間，艾莉絲和基列奴同時發動攻擊。

然而就在那個當下，我理解了「赤墨」的意思。因為我從奧爾斯帝德那聽說過那是什麼樣的技巧。

是地面。鋪在地板的紅色地毯，上面有不知道何時撒上的紅色珠子。

當我回神時已為時已晚。

「啊！」

「唔！」

艾莉絲和基列奴的腳邊響起了「砰」的一聲劇烈破裂聲。

飛濺在腳邊的強力黏著性液體，將兩個人的腳底黏在地毯上。

由某位藥劑師所調配的這種珠子是瞬間接著劑。由於步驟複雜，我不太記得詳細做法，一旦給予強烈衝擊就會破裂，將內容物一口氣噴灑在四周。

液體的黏性很強，艾莉絲和基列奴的腳都被固定在地毯上。

「『水流（Flood Flash）』！」

我反射性地使出水魔術，沖洗兩個人的腳邊。

這種接著劑耐水性不佳。一旦碰到水分便會在瞬間失去吸附力。

但是，艾莉絲和基列奴已經失去原本的姿勢。儘管必殺的踏步沒能奏效，但千錘百鍊的強韌下盤還是能在這種勉強的姿勢下發出斬擊。

太慢了。

奧貝爾已經開始進行下一波行動。他穿過艾莉絲和基列奴中間的隙縫。

基列奴的劍停了下來。艾莉絲的劍也是。

就算他們是劍神流的劍士，也不可能在這種狀況下釋放光之太刀，波及到奧貝爾後方的自己人。

奧貝爾的目標不是艾莉絲，也並非基列奴。

「首先是你，魯迪烏斯．格雷拉特。」

是我。

〔他雙手各握著一把劍，同時朝我揮下。〕

「『土盾（Earth Shield）』！」

可是我預測得到，看得見。多虧有和艾莉絲進行模擬訓練，我的預知眼確實地捕捉到了奧貝爾的劍。

我反射性地用左手的護手剩餘部分擋在劍的軌道上。

這樣就解決一邊。而另一邊則是用右手使出「土盾」魔術來防禦。

「北神流奧義……『朧十文字』。」

〔奧貝爾的手出現殘像。〕

奧貝爾在空中將劍扔掉，把上半身倒向後方，同時把手伸向插在腰間的另一把刀。

我看得見。預知眼已經掌握到他的動作。

但是，「土盾」已經覆蓋了我的右手，形成一塊圓盾。

為了擋下奧貝爾的斬擊製成的盾牌堅硬無比，而且很重。

這股重量在拒絕我的右手調整位置防禦。

左手已經擋下奧貝爾的劍了。以高度魔力製成的沉重護手雖然已失去指尖的部分，但依舊穩穩地擋下了奧貝爾的劍。

儘管幾乎倒下也試圖拔刀的奧貝爾。

沒有迴避手段。就算有也已經來不及。

只好硬吃這招了。

我伸直彎曲的膝蓋，一邊跳躍一邊以左腳接下奧貝爾的拔刀。

有某種灼熱的東西穿過了我的小腿。在著地的時候，左腳有種猛然彎曲的感覺。

我用右膝撐住身體往傷口望去，我的左小腿已被砍斷，剩下薄薄的一層皮輕飄飄地晃動。

痛楚遲了一些才湧現。

「咿！」

我咬緊牙根忍住疼痛。

在視線的一隅。艾莉絲展開行動，基列奴也轉過身子朝這邊過來。

我還沒死。

一旦三個人形成包圍陣形，奧貝爾便無處可逃。

「……？」

奇怪，剛才，在視線的角落有什麼東西在動。

怎麼回事？難道奧貝爾又使用了別的忍術？

不對。視線的角落有動靜。是大流士。那傢伙正舉起右手朝向這邊。

「願偉大的炎之加護降臨汝所求之處——」

艾莉絲和基列奴注意到了。

兩個人採取的行動正好相反。艾莉絲轉身面對大流士，基列奴則站在我和大流士之間面向奧貝爾。

「——『火球彈（Fire Ball）』！」

從大流士的手中放出了塊狀的火焰。

威力、速度都無可挑剔，蘊藏著足以確實致命之破壞力的火球逼近而來。

「哼……唔！」

艾莉絲揮劍。空中的火球頓時被一分為二。

然而，不知不覺間，奧貝爾神不知鬼不覺地投擲出類似苦無的短劍，貫穿了她的側腹。

我把視線拉回來。

奧貝爾維持朝艾莉絲投擲短劍的姿勢，擋下了基列奴的劍。
不對。沒有完全擋下。
基列奴的劍砍斷奧貝爾用來防禦的劍，同時朝他的肩頭砍了下去。
但是很淺。無法一口氣砍斷。
「哼！」
「嘎啊啊！」
奧貝爾用後空翻躍向後方。
待在著地點的艾莉絲像是久候多時一般發出斬擊，但或許是因為側腹那把苦無影響，被奧貝爾輕而易舉地彈開。
「……」
不妙，被拉開距離了。
雖然不知道有哪裡不妙，但是被奧貝爾拉開距離就糟了。
為什麼糟糕？因為那傢伙的技倆千變萬化。錯了不是那樣。我的腳被砍斷，也不知道艾莉絲能不能跑。現在，如果，假設，要是奧貝爾抱著大流士逃跑的話，能追上去的只剩基列奴一個人。
對了。必須解決大流士。
我捨棄「土盾」，把魔杖舉向大流士。

「岩砲彈！」

「！喔喔喔啊！」

砲彈以驚人的速度呼嘯而去，但卻被奧貝爾的拔刀彈開了。

不過，這在預料之中。剛才擊發的並非普通的岩砲彈。

「！」

在被彈開的位置。

被砍成兩半的岩砲彈在大流士附近爆炸。這是我過去在魔大陸旅行時開發的加工版岩砲彈。命名為炸裂岩砲彈（Burst Stone Cannon）。

「咕呀啊啊啊！」

或許是岩砲彈的碎片飛進眼睛，大流士按住臉部蹲了下來。

「唔！」

奧貝爾的注意力被分散了。

「噠啊啊啊啊！」

說時遲那時快，艾莉絲一躍而起，發出光之太刀。

「……！」

奧貝爾……擋下了這一招。

他擋住了光之太刀。

他把劍橫擺，以刀身最厚實的部分接下這招。但是，艾莉絲的劍輕易地攻破了他的防禦，直接砍進了奧貝爾的手臂。

太淺了。

或許是受傷的影響，這招並沒有完美施展出來。

「嘎啊啊啊啊啊！」

緊接著，基列奴也發動攻擊。

奧貝爾試圖迴避這招。

但是，所謂的光之太刀並非能夠迴避的招式。是劍神流的必殺劍。

對付這招的方法，就是挪開對手踏出的步伐，使其姿勢失去平衡，進而站在對手無法全力出刀的位置。因此最重要的關鍵在於做好這樣的事前準備，讓對手無法在萬全的狀態下施展這招。

奧貝爾一直都是這麼應對的。

可是在最後的最後，他沒有做到。

基列奴完美的光之太刀從肩頭砍入，順勢貫穿側腹。

「……精彩。」

奧貝爾最後低聲說了一句，應聲倒地。

他就這樣倒臥在血泊之中，一動也不動。儘管短期間內還微微抽動了幾下，但他的眼瞳已經失去了光芒……死了。

「……」

「啊啊啊……眼睛、我的眼睛……奧貝爾！快想想辦法！奧貝爾！」

大流士依舊蹲在地上，按住眼睛大聲吼叫。

基列奴俯視著受到我的炸裂岩砲彈攻擊，蹲在地下的大流士。

她向我和艾莉絲瞄了一眼。

我們沒有過問，只是默默地向基列奴點頭。

「……」

基列奴不發一語地揮劍。

回濺的鮮血甚至噴到了我的臉頰。

★ ★ ★

大流士的屍體被我們直接留在現場。

這是和愛麗兒事前就商量好的處置。

不論殺害現場的情況為何，最好盡可能保留大流士的屍體。

儘管事後愛麗兒很有可能會因此被問罪，但與其相較之下，藉由誅殺大流士的事實取得聲望更為重要。

死了居然會讓人開心……這傢伙還真是個討人厭的傢伙。

「呼……」

死了。殺掉了。雖說是討厭的傢伙，但是感覺實在很差。

儘管不是我直接給他最後一擊，但和這種事無關。我可以實際體會到自己殺了大流士。殺害了打算保護他的奧貝爾，奪走他的視力，殺死了手無縛雞之力的大流士。

至今為止都沒有實際感受，但這次卻有。

我不明白其中有何差異。是距離的問題嗎？實在不懂。

「唉……」

這種事情就算想破頭也無濟於事。這是我選擇的道路，只能這麼接受。

之後，我們移動到隔壁房間，用奧爾斯帝德給的王級治癒魔術的捲軸治療傷勢。該說真不愧是王級吧，就連被砍斷的腳也恢復了原狀。

不過或許是因為流了太多血吧，身體好冷。

我之後輪到艾莉絲。她雖然鐵青著一張臉看著我治療她，但結束之後馬上就捲起了自己的衣服。露出了豔麗動人，卻又千錘百鍊的腹肌……

「……咦？」

她側腹上的傷口染成了紫色。

是毒。原來奧貝爾的苦無上塗有毒藥。

「……」

我用了初級解毒以及中級解毒，但發現並沒有起作用。

我的背脊頓時直冒冷汗。

但是，我馬上想起奧爾斯帝德說過的話。

奧貝爾用的毒只有一種，並沒有致死性。而且他會隨身攜帶解毒劑。

因此我馬上回到隔壁房間，翻找奧貝爾的屍體，取得了解藥。

讓艾莉絲喝下去後，也順便塗抹在腹部上。為了以防萬一，被砍到的我也順便擦一下吧。

過了不久，艾莉絲肚子的顏色也開始回復。

真是鬆了一口氣。假如是更強力的毒藥，艾莉絲可能已經死了。

太好了，真的……

「那招『朧十文字』，真虧你能躲開……」

當我治療艾莉絲的側腹時，她喃喃嘀咕了這麼一句。

雖然我覺得那不算閃開啦……也罷，既然沒受到致命傷，以某方面來說也算躲開了吧。

「多虧之前和艾莉絲進行過模擬戰。因為我看過更快的斬擊，所以才能勉強躲開。」

「明明我連一次都沒閃過……」

艾莉絲這樣說完，露出了稍微有些落寞的表情。
艾莉絲和奧貝爾學習過劍法。想必她是想起了當時的事情吧。
「算了。」
艾莉絲乾脆地搖了搖頭不再多想。切換心情的速度之快，著實令人羨慕。
總而言之，我、艾莉絲和基列奴都平安無事。完全勝利。
「那麼，我們回去吧。」
「也是。」
「嗯。」
我們可以抬頭挺胸地凱旋而歸了。

然而，當我們回到宴會會場，映入眼簾的卻是意想不到的光景。
「……咦？」
路克正用劍抵在愛麗兒的脖子上。皮列蒙跪在地上，希露菲以怒不可遏的眼神瞪著路克。
這到底是什麼狀況？
路克以視線瞥到處於混亂中的我後，開口說道。
但是他交談的對話不是我，而是與他對峙的希露菲。
「要是想救愛麗兒大人，就殺了魯迪烏斯。」

對於這個要求，希露菲會——

第十一話「路克失控」

在魯迪烏斯回來的稍早之前。

宴會會場恢復了平靜。

留在會場的，是被看好會成為阿斯拉王國主力貴族的上級貴族。格雷拉特、布魯沃夫、帕普爾荷斯、懷特斯派德以及席爾巴托德，這些代代侍奉著阿斯拉王國的名門貴族。

他們為了見證「結果」，在奧爾斯帝德離去後也沒有逃跑，而是繼續留在會場。

當然，宴會已經無法重新舉行。

可是，在宴會上發生的事情卻無法視而不見。大流士垮台，以及佩爾基烏斯的出現。透過這兩件事情，已經將愛麗兒是下任國王的印象深深地烙印在貴族心中。

當然，有許多人也對突如其來出現的奧爾斯帝德存疑。

但是，由於這個會場的主辦人愛麗兒表現出冷靜沉著的態度，留下來的其他貴族也不得不保持冷靜。

「……」

在貴族們心中的這股情感，是恐懼。

那個男人突如其來地出現，在現場散播了恐懼，但以結果來說，他拯救了愛麗兒。

只出現一瞬間，甚至沒有報上姓名，在殺了列妲後便離去的那個男人。

在貴族的眼裡，把他視為「佩爾基烏斯的屬下」。

同樣的頭髮，同樣的眼睛，再加上類似的風格，除此之外，從佩爾基烏斯身上散發出來的王者風範更是讓他們這麼深信不疑。

佩爾基烏斯擁有能夠一擊打倒水神的屬下。

而那個佩爾基烏斯現在信任的人是誰，就算毋需回想剛才的狀況，眾人也都心知肚明。

（要是反抗的話，下次就會派那傢伙到自己身邊。）

正是因為湧起這樣的想法，貴族們才紛紛決定臣服於愛麗兒。

那人究竟是誰已無關緊要，不需多問，只要以自己的主觀來認定事實。

愛麗兒成為修羅回來了。逃走的大流士恐怕也不可能活著。對於妨礙自己的人，愛麗兒打算一個也不留。幾乎所有在場的人……甚至連第一王子格拉維爾也這麼認為。

奧爾斯帝德的詛咒，就是有讓他們這麼認為的力量。

但是，唯獨一個人例外。

那個人，是比任何人都還要了解愛麗兒的人物。

那個人，是從人神那邊聽說了奧爾斯帝德的事情的人物。

那個人，是即使被愛麗兒說服，至今仍然有些不信任魯迪烏斯的人物。

路克．諾托斯．格雷拉特。

他這麼思考。

服從如此邪惡的男人，以及身為他屬下的魯迪烏斯，這樣真的好嗎？

路克的感情響起了警報。

無論結果如何，都不能假借那種人之手。和他相較之下，大流士反而還比較像樣。

人神曾經出現在夢中。

帶著神聖的氣息，以莊嚴的氛圍現身。他殷勤地為路克著想，誠懇又仔細地為他指示該走的道路。指出要讓愛麗兒登上王位的話該做什麼，告知他魯迪烏斯正被邪惡之人教唆一事。

愛麗兒說過。

那是邪神。

她說人神陷害路克，想藉此阻礙自己的王道。

確實，根據之後釐清的事實和預言互相對照的話，人神的話裡充滿了謊言。

不對，與其說是謊言，應該說他大部分的言行舉止會讓聽的人擅自誤會。

是自己擅自誤解了那些曖昧不明的話語。路克是這麼認為的。

路克是愛麗兒的騎士。既然主子都這麼說了，與其相信來路不明的神，更應該相信自己的主子。儘管那是很令人難以置信的事情。他做好了全力遵從主子的選擇，生死與共的覺悟。

但是到了這地步，路克的想法卻有了些許改變。看到奧爾斯帝德後，改變了他的想法。

路克對於自己看女人的眼光非常有自信。相反的，他沒有看透男人本質的能力。

他對這點心知肚明。

但即使如此他也能明白。奧爾斯帝德是惡徒。

那並不是會和人類通力合作的存在，而是將人類導向破滅的邪神。

愛麗兒錯了。而且，恐怕連魯迪烏斯也受到了那個邪神的蠱惑。

那麼……那麼自己該如何是好？

當主子明顯走向了違反自己意志的道路時，該怎麼做才好？

表達意見是個不錯的選擇。但是那又有什麼意義？奧爾斯帝德已經展開行動，已經借用了他的力量。大流士和格拉維爾已是風中殘燭，愛麗兒奪得王權已是不爭的事實。

在這個狀況之下，無論做什麼想必都已無力回天。劍術和魔術都只是個半吊子的自己，到底能辦到什麼？就算自己做了什麼，會不會也沒有任何意義？

（我實在無力。）

路克打算這麼放棄的時候，突然，他眼睛捕捉到一名人物動了。

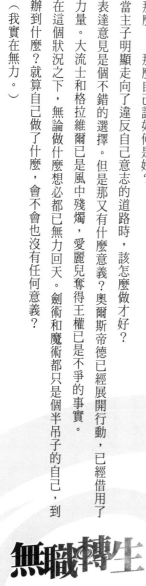

那名人物快速地移動到愛麗兒面前，跪下來磕頭行禮。

「愛麗兒大人！」

皮列蒙・諾托斯・格雷拉特。

是路克的父親。

他掛上令人厭惡的笑容，以讓大部分在場的人都聽得見的音量，對愛麗兒如此大叫：

「恭喜您！屬下皮列蒙，不知等這天等了多久啊。」

皮列蒙開心地這樣說著，並抬頭望向愛麗兒。

「為了讓格拉維爾派大意，我才會假意倒戈，一直準備伺機而動。哎呀，結果您完全不需要我的協助呢。真不愧是愛麗兒大人。您在異國之地似乎有了長足的成長！」

聽到這番過於刻意的高調言論，也有貴族因此皺起眉頭。

那些人知道皮列蒙為了討好格拉維爾，還曾派出刺客對付愛麗兒。他們說著「厚顏無恥，真虧他還敢講這種話」，以輕蔑的眼神看著皮列蒙。

「皮列蒙先生……」

「不不，愛麗兒，請您什麼都不用說。我也在您同伴不多的時候，做出了會被他人在背後指指點點的舉動。但是呢，那全都是為了愛麗兒大人著想。既然這樣，再來只要讓我們回到以前的關係，我將會繼續作為愛麗兒大人的後盾——」

愛麗兒沒有把話聽到最後。

「皮列蒙・諾托斯・格雷拉特！」

像是要蓋過皮列蒙的大嗓門一般，愛麗兒發出了猶如咆哮的一吼。

「想必你是顧慮到家人！想必你有自己的立場！關於倒戈這件事，想必也是因為我的弱小才讓你有理由這麼做！」

皮列蒙瞪大眼睛看著愛麗兒。

因為，愛麗兒還是第一次像這樣對皮列蒙怒吼。

「可是，既然倒戈了，就請你抱著這份矜持直到最後！竟然在成為敗者之後，還妄想要修復原本的關係！你應該知恥才對！」

「啊……嗚……」

皮列蒙滿心驚訝，把聲音硬擠出來如此說道：

「非……非……非常抱歉。」

看到皮列蒙一句話都無法反駁，貴族之中有人不禁笑了出來。

皮列蒙滿臉通紅地低下了頭。

但是，愛麗兒的憤怒仍未平息。

「如果只是倒戈，我也會理解為了讓家族存續，你會這麼做也是無可厚非。只要你把當家的位子讓給路克，在領地隱居生活，我也不打算再繼續追究下去！但是！你在倒戈之後，竟然還想巴結背叛的對象！如此寡廉鮮恥的行徑，實在讓我無言以對！我認為閣下的存在，今後不論對誰來說都只是毒瘤而已！」

皮列蒙的臉色變得一片蒼白。

「以死謝罪吧！」

路克聽到這句話後，領悟到「啊啊，這是在演戲啊」。

愛麗兒打從一開始就料到事情會這麼發展。

不對，或許她原本的想法就如剛才所言，並不打算處刑皮列蒙。和基列奴之間的約定，說到底也只是口頭約定，說不定她原本打算說些理由搪塞過去，放皮列蒙一條生路。

對愛麗兒而言，皮列蒙曾是自己最有力的伙伴。

儘管現在態度謙卑，阿諛奉承，但在逃往拉諾亞之前，愛麗兒派就算說是以皮列蒙為中心在運作也不為過。雖說他的本事絕對稱不上高明，但即使如此，愛麗兒還是受到皮列蒙不少關照。

為了讓愛麗兒能夠逃往北方而做好各種準備的人是皮列蒙。為了讓愛麗兒能活下去而派出許多隨從跟在她身邊的人也是皮列蒙。

愛麗兒之所以能活到現在，要說是歸功於皮列蒙也不為過。

她不可能忘記那份恩情。可是也不能因為這樣，而容忍他倒戈之後，又再次背叛的行徑。這樣肯定會被人小看。對愛麗兒今後的政治活動，想來會有不好的影響。

如果他能安分地躲起來，就此收手那倒還好。但事態演變至此，肯定免不了處刑。

「路克！把劍給我！至少就由我來親手送你上西天吧！」
聽到這句話後，皮列蒙以發自內心感到恐懼的表情望向路克。
那是在尋求幫助的眼神。就像是在說「你也幫我美言幾句啊」的眼神。
接受到這個視線的路克迷惘了。

★路克觀點★

我很清楚自己的父親是個卑躬屈膝的膽小鬼。
然而，我也明白那是沒辦法的事。
儘管年紀輕輕就當上領主，但看在兒子眼裡，父親工作的模樣卻是如此敷衍卑鄙且拙劣。
當他以領主身分對一件事做出決斷，一旦結果不如想像中出色，便會被拿來和嚴格的祖父做比較，就連家臣們也會說「如果是保羅大人的話……」之類的，在背地裡說閒話。
像這樣的光景，我在老家時已目睹過無數次。
父親以他自己的方式煩惱、痛苦，但卻無計可施，於是就變成了扭曲的個性。
這樣的父親，如今正要在我面前遭到處決。儘管這件事的肇因歸咎於父親的自作自受，況且這與愛麗兒大人和劍王基列奴的約定有關。
要說我沒有想到「處刑紹羅斯・伯雷亞斯・格雷拉特一事」可能和父親有關的話，那就是騙人的。

父親和紹羅斯的關係不好。

正確來說，應該說紹羅斯和祖父的關係很好才對。前任的諾托斯家當家和伯雷亞斯當家，彼此相處起來就像家人一樣。

然而，和祖父感情要好的紹羅斯，似乎並不喜歡父親。

在父親當上領主之前，紹羅斯就曾當面說「像豆子一樣」責備、羞辱父親……在當上領主之後，也會有事沒事就發牢騷。

而那個紹羅斯陷入了絕境。要是父親認為這是好機會，在背地裡動手腳殺了他，我也不會覺得有哪裡好奇怪。反而會認為父親絕對會這麼做。不過當時因為人神撒謊的緣故，我聽到時也亂了方寸。

仔細想想，我已經睽違八年，沒有像這樣看著父親的臉。

時隔八年沒見的父親，比我記憶中顯得更加老邁，看起來十分渺小。

「……」

我突然想和父親推心置腹好好談談。

小時候，我和父親聊了各種話題。

儘管父親不會把重要的事情告訴我，但要是找他商量，他也不會嫌棄，願意聽我傾訴。

父親並不是什麼都知道，還經常會教一些錯誤的知識，但他還是願意回答我。

雖說他也常常會叫我自己思考，但即使如此，還是為我指示了道路。

以像個父親的方式。

現在回過頭來想想，甚至會覺得比起哥哥，父親更加疼愛我。說不定是因為我們同樣都是次男，讓他對我有些不同的看法。

父親總是這樣。

不機靈，做出的選擇和方法都是錯的。

就算是這樣的父親，也應該是以他自己的方式，為愛麗兒大人而努力到現在才對。

還在阿斯拉王國的時候，他為了讓愛麗兒大人登基，在四面楚歌的情況下做了各式各樣的努力。

儘管他是基於利己的理由，但身為當家的父親有著保護家族的義務。當愛麗兒大人離開王都之後，在無計可施的情況下攀附到其他勢力，又有誰能責備他呢？

作為先鋒派遣士兵攻擊愛麗兒大人，應該也是為了守護家族。

為了取得格拉維爾派的信賴，父親也是拚了老命。

「愛麗兒大人，我有一事相求。」

「有什麼事嗎，路克？」

「是否能請您原諒父親呢？」

愛麗兒大人轉向這邊。

眼神非常冷漠。最近這陣子，她總是對我擺出這樣的眼神。特別是從她得知父親背叛之後的那天開始。

「……辦不到。」

「是因為基列奴嗎？」

「不，我只是無法容忍他倒戈。」

也對，不管愛麗兒大人過去和父親多麼親近，父親確實狠狠地背叛了她，甚至派出士兵襲擊愛麗兒大人。要是容許這種事，她也無法保住顏面。

這種事我也很清楚。

無論如何掙扎，皮列蒙．諾托斯．格雷拉特這名人物都已經完了。

我不清楚那個邪神做了什麼。

或許魯迪烏斯和愛麗兒大人都被蒙在鼓裡。但是，事實上父親確實倒戈，倒戈之後還想要重修舊好，做出恬不知恥的舉動也是事實。

但是，我……

我不要。

「……」

我拔出佩劍。

「……路克？」

「抱歉！」

「咦？」

連我自己也不清楚為什麼會採取這樣的行動。當我回過神來，已經從背後抱住愛麗兒大人了。

而且，還將劍腹抵在她的脖子上。

「……路克！你在幹什麼！」

希露菲馬上就注意到了。

她以甚至讓人感受到殺意的嚴肅表情瞪著我。是絕對不會讓魯迪烏斯看到的表情。

她手上拿著的，是實習魔術師的魔杖。剛開始學習魔術不久的人使用的小型魔杖。

但是，我很清楚從那根魔杖可以連續射出阿斯拉魔術師團團長級的魔術。

她現在用那樣的武器對著我。

「希露菲，難道妳不覺得奇怪嗎？」

「奇怪的人是你吧！你以為自己的劍架在誰身上啊！」

奇怪這點我也有所自覺。甚至連我也不知道自己到底想幹什麼。

貴族的視線集中在我身上。他們也露出一副搞不清楚狀況的表情。

……我也完蛋了吧。

算了，也好。

「希露菲，妳真的相信那個男人嗎？」

「那個男人？你說奧爾斯帝德？突然說這個做什麼！那件事和這件事有任何關係嗎！」

「別管了，快回答我！」

聽到我強硬的語氣，希露菲持續用魔杖對著我，並以低沉聲音回答：

「我完全不信任他。」

「那麼，妳為什麼還要聽魯迪烏斯說的話？那傢伙雖說是為了你們，但他可是成為那種人屬下的男人啊！」

「因為我相信魯迪啊！」

完全搞不懂。

「魯迪烏斯現在是以奧爾斯帝德的屬下身分行動。那傢伙的舉動，和他成為奧爾斯帝德的屬下前沒有不同嗎？難道那傢伙不是被奧爾斯帝德給騙了嗎？」

我也不是想要拉攏希露菲加入這邊。

只是，我覺得希露菲自從和魯迪烏斯在一起後，就不常自己思考過問題。

因為魯迪烏斯會做，因為魯迪烏斯這麼說，所以她已經失去了自己的主見。

教她這麼做的人就是我。身為妻子，就得安靜地聽從丈夫安排，這樣就會受到疼愛，我是這麼教她的……至少我母親正是因為沒這麼做，才會得不到父親的愛，最後離家出走。

「妳是想過以後才這麼做嗎？就算是魯迪烏斯，也有可能會犯錯啊。」

希露菲激動了起來。

「我想過了啊！可是魯迪是為了我們著想才行動的！為了我們，對不想低頭的對象低頭，就算露出不爭氣的一面也一直為我們努力！那麼我該做的，就不是說些反對意見讓他迷惘造成他的困擾，而是在背後支持他吧！」

希露菲斬釘截鐵地回答。

是徹底以魯迪烏斯為主體的想法。

在這幾年，她似乎變了不少。不，說不定她打從一開始就沒有任何改變。只是我不知道而已。

「就算害愛麗兒大人遭受這樣的對待也沒關係嗎！」

我一邊說著，一邊把劍貼到了主子的脖子上。

貼上去的，是劍腹。

就算我在這之後會被視為背叛者處刑，也不能傷到愛麗兒大人的肌膚。

因為女性的肌膚，必須要隨時保持美麗。

「輪不到你說！」

確實是這樣。

此時，我的眼中映入了從入口走進來的魯迪烏斯。

他正瞪大眼睛看著這邊。

「吶，希露菲。妳說要尊重魯迪烏斯的意見，等於是要對那個邪惡的奧爾斯帝德言聽計從。」

「……那又怎麼樣？」

「也就是說，會變成這樣的狀況。」

我望向魯迪烏斯。

他似乎想要掌握目前的狀況，東張西望地環視四周。接著他把視線集中在某個點，以眼神示意對方，但馬上又失望地把臉別開。

我往那個方向瞄了一眼，是佩爾基烏斯。

儘管發生了這樣的狀況，他依舊一派輕鬆地坐在椅子上。還一臉愉悅地露出笑臉。

「要是想救愛麗兒大人，就殺了魯迪烏斯。」

希露菲瞪大雙眼。

「要是我這麼說，妳打算怎麼做？」

希露菲沒有轉向後方。她分明已經注意到魯迪烏斯就在那裡。

「如果我問妳要選哪一邊的話，妳打算怎麼做？」

我實在是提出了非常壞心眼的問題。

為什麼我會提出這樣的問題呢？感覺話題已經偏掉了。

「我會選擇魯迪。」

希露菲沒有遲疑多久。幾乎是以立即回答的速度做出這樣的答覆。

「雖然對愛麗兒大人很抱歉。但是，如果是被逼問這種抉擇時沒辦法選擇的對象，我根本不會和他結婚，也不會一起生小孩。」

這個回答，對我來說感到有些落寞。

對愛麗兒大人而言，想必也是如此。

在希露菲的身後，用兩手捂住嘴巴，擺出一副「真不敢相信」姿勢，開心地在那傻笑的魯迪烏斯看起來實在令人不爽。

「我會跟著魯迪。我不知道結果到底會怎麼樣。說不定會被奧爾斯帝德砍殺，說不定會再度陷入絕境……但就算到了那個時候，我也打算支持魯迪。因為夫妻不就是要白頭偕老，共患難嗎？」

這句話宛如弓箭貫穿了我的意識。

啊啊，就是這麼一回事，肚子深處好像有什麼掉了下來。感覺對自己的迷惘，找出了一個答案。

「……唉。」

我輕輕嘆了一口氣。

我真的是……到底在做什麼啊？就算犯了錯，就算愛麗兒大人陷入險境，我也會捨命救她。我又何嘗不是想成為對愛麗兒大人而言的，那樣的存在呢？

我不是想以騎士的身分，陪在她身邊，和她共患難嗎？

就算奧爾斯帝德是邪神又代表什麼？奧爾斯帝德和人神相比，確實是比較想相信人神。但是，假如是人神和愛麗兒大人的話，我又該相信哪一邊？

這還用說嗎？

我會在旁守護愛麗兒大人的選擇，遵從她說的話，要是失敗的話，我再挺身而出保護她就行了。只要這樣就好了啊。

啊啊，我自己的話，彷彿都是對自己說的。

「那麼，路克。」

我那輕聲的嘆息似乎被愛麗兒大人聽到了。

「既然希露菲選擇了魯迪烏斯，表示我會被你斬殺對吧？」

「啊？」

「那麼，在你下殺手之前，我想和哥哥稍微說些話。可以讓我拜託他，讓希露菲他們安全地逃到國外去嗎？」

愛麗兒用沉著冷靜的口吻如此說道。

「您不問我為什麼要做這種事嗎？」

「嗯。」

真難過啊。這樣一來，我甚至連辯解都辦不到，愛麗兒大人已經認定我是個叛徒了。

她認為從懂事開始就一直在一起的我，一直在旁侍奉自己的我，捨棄自我侍奉著她的我，至今為止，都把愛麗兒大人擺在第一優先思考的我，是個到了最後關頭卻背叛的傢伙。

然而她的下一句話，將我的想法吹得煙消雲散。

「我想說的，只有一句話而已，路克。」

「……？」

「我是你的公主。」

眼淚快流出來了。

對我來說，只要有這句話就足夠了。

到了這個地步，愛麗兒大人依然把我當作自己的騎士。

她並不認為我會背叛。

而是認為我絕對不會背叛。

在自己的脖子被劍架著的狀況下，愛麗兒大人依舊不認為我背叛她。

「……」

我扔掉了劍。金屬的落地聲緩解了現場的氣氛。

接著我緩緩放開愛麗兒大人，在她眼前跪下。

當我抬頭仰望愛麗兒大人，發現她依舊以冷漠的眼神俯視著我。

「路克，你是什麼人？」

「我是……妳的騎士。」

愛麗兒嫣然一笑。

看到她的笑容，我把頭垂下，將頭髮撥開好露出脖子。

「那麼，請動手吧，請您砍下這個背叛者的首級。」

我根本不想死。

我還有事情要完成。但是……也好。我滿足了。

「……」

愛麗兒大人撿起佩劍，她沉甸甸地用單手舉起，然後用劍腹朝著我的頭狠狠敲了下去。

一股沉重痛楚頓時竄過我的腦門。

「路克。喜好女色的你突然按捺不住，衝過來抱住我，玩弄我的身體。」

「……？」

「原本這是罪無可赦的行為，但我也被弄得有些興奮，就原諒你吧。」

我抬頭仰望愛麗兒大人。

她以淘氣的表情笑著，向我眨了眨眼。

啊啊，我已經好久不曾看到這樣的笑容了。現在只能擺出虛假笑容的她，在小時候經常都是這樣笑的。

「遵命！」

我被原諒了。

我剛才的行為舉止，再怎麼看都是背叛，但卻被原諒了。沒有受到任何懲罰。

「再來呢……」

愛麗兒吸了一口氣，重新面向臉色鐵情的父親。

父親感受到那個視線，畢恭畢敬地叩拜在地。

「該怎麼處理呢？」

父親的懲處。

由於原諒了我的背叛，現場的氣氛有了些許改變。瀰漫著一股必須原諒他的氛圍。

然而，父親幹下的行為十分嚴重。背叛愛麗兒大人，甚至還想取她性命。就算用其他說詞搪塞帶過，也不會像我一樣獲得原諒。除非有某種理由。

當我這麼思考的時候，魯迪烏斯走過來這樣說道：

「剛才大流士說溜了嘴。害死紹羅斯大人的是他本人。我想皮列蒙大人應該只是被利用而已。」

「……大流士怎麼了？」

「死……被殺死了。」

「這樣啊……那麼，就把一切過錯都推到大流士身上吧。」

愛麗兒大人這樣說完，將視線朝向我的背後。

不知不覺間，基列奴和艾莉絲已經繞到我的身後。

要是我繼續像剛剛那樣抓著愛麗兒大人，或許早就從背後被砍死了。

「基列奴，這樣可以嗎？」

「我……」

基列奴露出了不滿的表情。

難道她就這麼想砍死父親嗎？

就在此時，艾莉絲緊緊揪住基列奴的尾巴，基列奴因為這個觸感使得身子一震，轉頭望向艾莉絲。艾莉絲把手放開，雙手環胸，抬起下巴這樣說道：

「基列奴！祖父大人的仇，就用剛才那個忍一忍！」

「…………既然艾莉絲大小姐這麼說的話。」

聽到這句話後，愛麗兒一臉滿意地望向我父親。

「就是這樣，皮列蒙先生。日後會再下達對你的處分。」

「是……！」

父親畢恭畢敬，像是趴在地板一樣跪在地上。

儘管不可能完全沒有處罰，但至少保住了性命。

「路克……抱歉……」

聽到小聲的這句低喃，我感到自己鬆了一口氣。

我環視周圍。

魯迪烏斯一邊說著什麼，同時抱住了希露菲，並撫摸了她的頭。希露菲雖然害羞地低著頭，但似乎也是樂在其中。

艾莉絲正在對基列奴說些什麼。由於嗓門很大聽得很清楚，她很自豪地說著「之前魯迪烏斯有說過，這就是所謂的看氣氛喔」。

佩爾基烏斯一如往常。他注視著這邊，表情就像是在說非常有意思。從剛才的一來一往之中，到底有什麼值得讓那位甲龍王感到有趣的要素呢？

父親依舊跪在地上。他看起來果然很渺小，但卻有一種暢快的感覺。

那名叫伊佐露緹的見習騎士，正抱著水神的遺體大聲哭泣。

感覺她沒有對我們出手的意思。

大流士似乎死了。

格拉維爾失去了強力的後盾，一臉筋疲力盡地坐在椅子上。

儘管他的周圍還聚著一群貴族……但如今也幹不了什麼大事。

愛麗兒派的貴族，以像是被狐狸迷惑般的表情看著這邊。

在那當中，也有和雙親站在一起的，朵莉絲的身影。

已經沒有敵人了。

就這樣，阿斯拉王國的戰爭在此落幕。

第十二話「奧爾斯帝德的真相以及王都的十天」

在王宮的戰鬥之後過了十天。

我們打倒了水神列妲，打倒了奧貝爾，打倒了大流士，恭迎佩爾基烏斯來到阿斯拉王國，徹底挫了格拉維爾的銳氣。

至於皮列蒙，他被剝奪了當家的位子，軟禁在領地之中。今後，諾托斯．格雷拉特將會由路克擔任當家，而路克的大哥則是負責輔佐。

由於路克的哥哥在社交、政治上的手腕值得期待，據說會代替路克統括實質上的所有政務。

基列奴當初對皮列蒙一家依然抱有敵意。

但是，當她看到路克的哥哥對艾莉絲讚賞不已，甚至還對她求婚的景象，似乎也不再那麼憎恨。就像是主人被稱讚而感到開心的狗，擺出了莫名驕傲的表情。順便說一下，基列奴今後會繼續擔任愛麗兒的護衛。幾乎算是終身任職。

儘管我不清楚當事人的心情如何，但可以算是一個不錯的結果。

那麼把這十天的事情依序說明一下吧。

首先是第一天，有關奧爾斯帝德的事情。

後來，我們從宴會會場意氣風發地凱旋而歸。就連那個愛麗兒也因為疲憊而早早把自己關在房間休息。

至於我呢，因為希露菲在大庭廣眾面前光明正大地宣言說要選擇魯迪，激起了我內心深處的愛意，所以我把她帶回房間盡情地疼愛了一番。老實說，因為在日記上寫說我會被甩掉，本來還有點不安。

但是，沒想到她居然會在那麼多人面前堂堂正正地選擇我。

我的少女心整個爆發了。

話雖如此，希露菲似乎也已經十分疲累，還沒有進入第二回合就結束了比賽。

希露菲睡得很熟。

我為了冷卻欲火難耐的身體而去沖澡，沖到一半時，因為戰鬥後情緒高漲而喘著粗氣的艾莉絲闖了進來，粗魯地疼愛了我。

我覺得艾莉絲最好還是多學習一下對待少女的方式。

連靈魂都被吸乾抹盡，彷彿像個乾屍一樣的隔天，女僕前來通知，說收到了一封屬名要給我的信放在信箱。信封上沒寫寄信人，但卻畫著龍神的徽章。

毫無疑問，這是公司信件。

信件的內容簡明扼要地寫著他對我傷勢的關心，以及今天會議的場所。

會議室在墓地。

位於貴族宅邸比鄰而立的地區末端，給傭人使用的墓地。

唯獨這個地方人跡罕至，是個宛如城市孤島的寂寥場所……但目的地是在更地下的墳場。是個氣氛猶如到了晚上會有不死族舉辦運動會的那種場所。潛伏在那裡的，是比不死族更加令人畏懼的人物。

「你來了啊，魯迪烏斯．格雷拉特。」

「是，魯迪烏斯報到！」

奧爾斯帝德坐在棺材上面，用手托住下巴等著我。

這樣應該會遭天譴吧。我不打算坐在棺材上，於是用土魔術做出桌子和椅子，擺上自己準備的蠟燭。

「請坐。」

「嗯，抱歉啊。」

請社長坐在椅子上後，我也在他的面前就座。

好啦，會議開始。

「首先，先跟你說一聲辛苦了。魯迪烏斯。這樣一來，愛麗兒確定會登上王位了。」

「確定了嗎？離國王死去應該還得過一陣子不是嗎？」

國王罹患不治之症……講明白點就是衰老，離死去之前還有一段時間。

在這段期間之內，應該或多或少會存在著試圖做最後掙扎，讓格拉維爾一派東山再起的勢力，要是大意的話可能會被拉下台，這是愛麗兒的說法。

所以不安要素仍然存在。

師傅在眼前被殺的水王伊佐露緹。和大流士關係密切的伯雷亞斯家。

應該多加注意這兩者的動向才對。

所以，我的下一份工作就是將這些勢力一個不漏地摧毀殆盡，我是這麼認為的……

「不，在迎接佩爾基烏斯，打倒大流士的當下，愛麗兒就確定會登上王位了。」

奧爾斯帝德似乎有著某種確切的依據。

儘管我實在摸不著頭緒，但在他的心裡似乎已經這麼肯定。

「你擺出一副無法理解的表情啊，魯迪烏斯．格雷拉特。」

哎呀糟糕，我的想法表現在臉上了嗎？

「不，奧爾斯帝德大人。我只是覺得疏忽大意是兵家大忌。」

「…………」

奧爾斯帝德的視線好銳利。

哎呀真的啦，我並不是不相信社長說的話喔。

我只是想表達事情還沒有完全結束而已……

「不是啦，就是，那個，奧爾斯帝德大人的預測也有可能失準吧？畢竟這次意外順利就結束了，人神說不定還留有其他手段，難保接下來不會再掀起另一波紛爭吧？」

「不會，我可以肯定。」

「……」

被這樣說，我也只能閉嘴了。

奧爾斯帝德依舊對我隱瞞了什麼，但是他不願意告訴我。

「反正我終究曾是人神的使徒，所以才不願意告訴我嗎……」

我忍不住這樣嘀咕了一句。原本沒有打算說出口的話。失言。

聽到這句話後，奧爾斯帝德站了起來。

他以駭人的眼力瞪視著我。

「咿呀！非……非常抱歉，我不是那個意思！我對您完全不肯告訴我這件事沒有任何不滿……」

「魯迪烏斯．格雷拉特。確實，我之前並沒有完全信任你。」

我把預知眼張開到最大極限，尋找逃生路線。

不行，被好幾個奧爾斯帝德把這裡團團圍住了。

就算我逃跑好像也會被抓回來。沒辦法，就硬著頭皮上吧。

「這次我也考慮過你倒戈到人神那邊的可能性，隨時都在監視著你。」

監視。嗯，想想也是啦。

要是奧爾斯帝德有那個意思，不管是奧貝爾還是誰，應該都能在我看不見的地方收拾掉才對。

「但你並非只會逞口舌之快，而是值得信賴的男人，在這次的事件中讓我確信了這點。」

「……」

「魯迪烏斯．格雷拉特。有件事要向你致歉。其實我對你說了謊。」

奧爾斯帝德這樣說完，重新坐回椅子上。

「您說……說謊？」

我反問回去，奧爾斯帝德擺出了恐怖的表情。

不對，只是面有難色而已。這個人是不是最好再稍微練習一下如何微笑啊？

笑容是和他人交流的關鍵。雖說我也沒那麼擅長啦。

「嗯，以前我曾經說過。我身上被施加了初代龍神為了與人神一戰而創造的祕術，會獲得看得見命運的力量，與此同時也會偏離到世界真理之外的法術。」

「是。」

我記得是能看見眼前的人大方向歷史的那個吧？

「那有一半是謊言。我沒有預知未來的能力。」

……喔。

「那麼，脫離世界真理的這個部分，是實話對吧。」

「嗯。但是魯迪烏斯·格雷拉特啊。你認為所謂的脫離世界真理，究竟是指什麼？」

就算你問我是指什麼。難道曾經給過我提示嗎？

比方說詛咒。奧爾斯帝德身上的被厭惡的詛咒。

不，跟那沒關係。

「魔力的回復速度會明顯遲緩……這是副作用對吧？」

「嗯，魔力回復速度會明顯遲緩，相對的可以避免人神進行干涉。但你不覺得奇怪嗎？初代龍神為何要在自己的祕術追加這種負面效果？」

就算你問我為什麼。為了避免人神干涉，勢必得追加這種負面效果吧。

不對，可是戴著奧爾斯帝德給的臂環的我，並沒有那樣的負面效果……

「初代龍神創造出了能確實戰勝人神的祕術。」

「……」

「那個祕術就是犧牲魔力的回復力，但不管在何時、在哪裡死去，都能保有記憶從最初重頭來過。」

重啟人生。這麼說來，奧爾斯帝德果然……

「所謂的最初是甲龍曆三百三十年的冬天。在中央大陸北部，一座無名的森林之中。期限是從那開始算起的兩百年。一旦超過這個時間，要是還沒有殺死人神，我就會強制『被送回』那個時候。就算我在這途中死了也是一樣。」

時空穿越。雖然我曾想過這可能性……沒想到真的會是這樣。

「儘管聽來荒唐無稽，但你曾親眼見識過時間轉移，應該能相信才對。」

「嗯，算是……」

未來的我從龍族的遺跡得到了時間移動的提示。

龍族，擁有能從過去轉生到未來的祕術。那麼，就算龍神能使用時空穿越的術法也不足為奇。畢竟連我都能創造出那種術法。

「那個，這樣的話，奧爾斯帝德大人已經是第幾次重啟人生了？」

「超過一百次後就沒在數了。」

奧爾斯帝德以可憎的語氣說出了和某個羅將一樣的話。（註：出自《北斗神拳》）

呃，經歷過一百次兩百年的話，就是兩萬。

他在兩萬年以上的時間裡，都持續著輪迴嗎？光想我頭就暈了……

「在好幾百次的輪迴之中，我已經看過無數次愛麗兒和格拉維爾之間的戰鬥。誰是必要的，誰又是不必要的。滿足什麼條件時愛麗兒會贏，沒有達到什麼條件時格拉維爾會贏。然後，從這個階段開始格拉維爾已經無法捲土重來。因此愛麗兒的勝利已經無可動搖。」

「即使有人神參與，也是嗎？」

「沒錯。因為人神無法保持記憶穿越到過去，所以不知道我能『重啟人生』這件事，然而我得知那傢伙的存在，和那傢伙開始戰鬥之後，他有好幾次也曾像這次的戰鬥一樣直接干涉。然後，透過每一次的模式，我可以肯定人神會在某個時間點『抽手』。」

「那就是現在這個時機嗎？」

「沒錯。」

原來如此。奧爾斯帝德之所以能把話說得這麼肯定，是基於至今好幾百次的經驗佐證的嗎？

不過也有可能會有例外吧？

雖然我是這麼想，但人在幾乎相同的狀況之下，會採取幾乎相同的行動。

儘管不盡相同，但就算這樣，我也很清楚「例外」發生的可能性很低。

「所以你大可放心。只要到了這個地步，愛麗兒就會登上王位。」

「我明白了。」

既然他都再三強調了，那麼愛麗兒肯定會成為女王吧。

要說還有哪裡不安的話，只有奧爾斯帝德在如此驚人的次數中不斷敗北的事實吧。

「奧爾斯帝德大人。我們真的能贏過人神嗎？」

「嗯，能贏。我已經明白打倒那傢伙需要什麼，為此又需要做什麼樣的準備。況且這次還有你這樣的存在。只差一步了。」

那麼，我就相信這句話吧。

不管奧爾斯帝德是否看得見未來，還是他究竟重啟過幾次人生，這都無關緊要。

因為我除了這麼做以外也沒有其他選擇。

我得好好加油才行，為了保護家人。

第三天．伊佐露緹來到了我們居留的宅邸。

順帶一提，這間房子是愛麗兒贈予的。雖說在愛麗兒擁有的房子中算比較小，但也比我家大上了兩倍。還調派了管理家中雜務的傭人給我們。聽說是要讓我們拿來當作在阿斯拉王國的別墅自由使用。

先不提宅邸的事了。現在講的是伊佐露緹。

她是來見艾莉絲的。

難不成是來復仇的？

無視於百般警戒的我，艾莉絲非常有禮地招待這位客人。

伊佐露緹向女僕們打過招呼後，在艾莉絲的帶領下移動到客廳。隨後艾莉絲命令女僕們端茶，以略帶威嚴的態度款待伊佐露緹。

她使喚人的舉止之所以這般有模有樣，想必是因為她生來就是個貴族的千金大小姐。
要是在我們家就會覺得百般拘束吧。畢竟愛夏是女僕不是傭人。
伊佐露緹受到艾莉絲的款待，同時也對我在房間一事感到疑惑。
於是她保持警戒，主動低頭致意。
「初次見面，我叫伊佐露緹・克爾埃爾。我和艾莉絲是在劍之聖地認識的。以後還請多多指教。」
「妳好，我叫魯迪烏斯・格雷拉特。是艾莉絲的丈夫。」
我這樣打招呼後，她明顯地皺起眉頭。
「原來是你啊……」
沒錯，是我。在前幾天見面打招呼的時候，我就已經知道她討厭我了。
「是……我就是魯迪烏斯。」
「就是把艾莉絲丟下不管，娶另外兩人為妻的那個人？」
「…………是的。」
我記得這種感覺。和克里夫一模一樣。也就是說，是新的米里斯教徒嗎！
不對，在碰面時我就知道了。
「看來是我搞錯了，我還以為是那個會勾引女性，名叫路克的騎士。」
「我可沒有打算騙妳喔。」

「不會，只是我自己搞錯而已。」

伊佐露緹靜靜地輕笑一聲。

「不過話又說回來……你比我想像中更加重視艾莉絲呢。」

「看得出來嗎？」

突然被這麼說，讓我不禁歪了歪頭。

雖然我不清楚自己是不是很重視艾莉絲，但艾莉絲很重視我。

基本上，我並不認為從目前為止的交談有讓她這麼覺得的要素。

「水王伊佐露緹登門拜訪。她是水神列姐的弟子，而列姐在那個會場遭到殺害。她說不定是愛麗兒公主的敵人。說不定她是來復仇的。說不定艾莉絲會拔劍相向。必須保護她，必須一起戰鬥才行……這些全寫在你的臉上喔。」

唔，我臉上寫著這麼長一段文章啊？

最近真的很常被人看穿我心裡在想什麼。果然應該要練習一下笑臉嗎？

算了，這種事無所謂。

「這跟我重視艾莉絲有關嗎？」

「如果你不重視她的話，應該會置之不理吧。畢竟她是你的第三位妻子。」

真希望她別在艾莉絲面前說什麼第三位。

因為我沒打算幫她們排順序。

「老實說，我原本以為艾莉絲身處的立場更加卑微。你只是需要她的劍術本領和肉體，平常根本不會搭理她……」

那是什麼時代的大男人啊？不過，其實艾莉絲也不是話很多的那種人。反而是她比較少主動搭話，到了晚上也會渴求我的肉體……奇怪？大女人？

不對不對，雖然不太常說話，但相對的我們會一起訓練什麼的。

「我稍微安心了。艾莉絲看起來很幸福。」

「如果看起來是那樣，我也感到很榮幸。」

我這樣說完，伊佐露緹就笑了。

一種潔白無瑕的笑容。外表明明是清秀佳人，卻有股動人的魅力。雖然應該很受歡迎，但現在感覺還是花蕾。開花的那天肯定是在結婚之後吧。有人妻系的魅力呢。

啊，艾莉絲小姐，腳被踩的話可是會痛的耶。

「所以，妳來幹嘛？魯迪烏斯是我的，不會讓給妳喔。」

雖然我的身價已經被哄抬不少，但艾莉絲的態度還是一如往常地盛氣凌人。

「我才不要那種東西呢。」

居然把我稱為那種東西，真受傷。

「那要幹嘛？決鬥？」

伊佐露緹露出了困擾的表情。

「不了，畢竟師傅有留下遺言，況且愛麗兒大人也會給水神流好處。我不打算與你們為敵。」

據說伊佐露緹會按照預定，在擔任見習騎士的期間結束之後，就會被提拔為騎士。到最後有可能成為劍術指導，再不然就是騎士隊長。視狀況而定，據說也有可能獲贈爵位。

「師傅雖然看起來那樣，但在王宮內還是有很多擁護者。所以愛麗兒公主似乎不打算和整個水神流為敵。」

「嗯，我想也是。」

這個世界的劍士盡是些怪物。雖說權力似乎還是比武力來得有用，不過沒有人會想做出到處樹敵的蠢事。因此還是把擅長打架的傢伙收為伙伴比較划算。

「對我們而言，也算是免除了道場被解散的可能性，放下了心裡的大石。」

如果單純只看現場的狀況，列妲純粹就是個襲擊者。

是想取愛麗兒人頭的瘋狂分子。

就算政爭可以帶給暗殺者一展長才的場所，然而暗殺者一旦出現在公開場合，自然免不了事後究責。簡而言之，只要不被發現做什麼都行，可是一旦穿幫就會受到處罰。但若是愛麗兒、格拉維爾或是大流士這種層級，便能在某個程度上無視懲罰，隨他們自己亂搞一通。

至於這次，畢竟愛麗兒也不想和水神流一派挑起事端，水神流一派也不想打沒有勝算的仗。既然彼此的利害一致，自然也不會興師問罪。

無法釋懷的，只剩下伊佐露緹的心情。

「師傅死了是很遺憾。但是，她能在這個和平的時代作為武人戰死沙場，想必對她而言也是得償所望。不過最讓我受到打擊的，還是她事前完全沒找我商量過任何事情吧。」

如她所說，伊佐露緹看起來對列妲的死並沒有看得那麼重。

這種感覺，要說的話或許和冒險者比較相近。

「這樣好嗎？」

「的確，就我個人來說是想幫師傅報仇……但是，畢竟那個對手不是艾莉絲也不是基列奴，更不是這位魯迪烏斯先生，所以我這股心情也無處發洩。」

伊佐露緹的口氣聽起來有些遺憾。

她可能對當時沒有繼續追趕奧爾斯帝德感到有些後悔吧。

「要我跟妳打也沒關係啊。」

「艾莉絲，請不要開玩笑了。現在的我還有保護道場的義務。要是和妳這樣瘋狂的對手戰鬥，留下一輩子都治不好的傷該怎麼辦？」

瘋狂。這個形容實在很適合艾莉絲。

「道場什麼的太無趣了。」

「那是因為妳放棄義務，捨棄了家族所以才能這麼說。」

「……」

艾莉絲默不吭聲，看起來一臉鬱悶。

「總之，我們分別之後還過不到一年。還是等稍微再變強一些再交手才有趣吧。」

伊佐露緹用促狹的眼神這樣說道。

「嗯，也對！」

艾莉絲的臉頰泛紅，看起來就像是發自內心這麼認為。

然而，伊佐露緹的表情卻恰好相反。擺出一副「哎呀呀，果然對付狗就是要給肉呢」的表情。

這個人真擅長應付艾莉絲。

「我今天前來，只是想和艾莉絲見面而已。想說都難得來了，就讓我帶妳參觀王都吧。」

「也好。反正我現在很閒！走吧！」

「魯迪烏斯先生，也請你一起來吧。」

要是她和艾莉絲在鎮上吵架就麻煩了，況且剛才那番話說不定都是謊言，其實她要帶艾莉絲去的地方，已經有許多水神流門生在那等獵物上鉤。

所以我應該要跟著去才對。

「……既然妳都這樣說了，請務必讓我一起同行。」

於是，我們和伊佐露緹和睦地觀光了王都。

我的擔心完全沒有意義，伊佐露緹很普通地帶我們觀光鎮上的景點，和艾莉絲度過了一段愉快的時光。

她之所以會選在師傅剛過世沒幾天的這個時期來訪，說不定也是以她的方式，在心裡做個了斷。

第五天，伯雷亞斯家提出了用餐的邀請。

這次餐會艾莉絲沒有參加，對方只邀請我和希露菲兩個人。

莫非是毒殺嗎？我警戒著這點，抱著要幾乎滴酒不沾的覺悟前往，但談話的內容，卻是想要透過我和愛麗兒攀關係。

儘管我和身為當家的詹姆士素不相識，但是在第一線指揮菲托亞領地復興工作的阿爾馮斯聽說了我的名字，像是突然想起似的聊起了往事，所以我這次才會被招待過來。

當時阿爾馮斯說我是諾托斯．格雷拉特的親族，簡而言之就是把我是離家出走的保羅兒子一事說漏了嘴。

身為愛麗兒首席屬下的路克，如今已經當上了諾托斯當家，考慮到他的立場，今天若是伯雷亞斯選擇和我打好關係，有可能會使得他們和諾托斯的關係惡化，但想必他是打算透過我來削弱諾托斯的勢力吧。要是我以諾托斯．格雷拉特的身分追求地位，自然就會和路克針鋒相對，就算我沒有獲勝，一旦引起內部抗爭的話，自然會有見縫插針的機會。

雖說他打著這種如意算盤，但卻沒邀請艾莉絲前來，果然是因為在警戒她吧。如果我對諾托斯來說是有可能成為害群之馬的人物，艾莉絲也同樣是有可能成為伯雷亞斯害群之馬的存在。簡而言之，對伯雷亞斯來說，艾莉絲是個麻煩分子。

話雖如此，儘管他希望我能在背地裡削弱諾托斯的勢力，但卻不希望自己也抱著一顆炸彈這種消極的做法，不是我喜歡的伯雷亞斯。

所以我在餐會給出了曖昧的回答。

第八天，我為了重新確認事後的狀況而四處移動。

朵莉絲似乎也再次回鍋貴族的身分。以地位來看的話，感覺和埃爾莫亞、克麗妮同樣都是隨從。愛麗兒似乎打算繼續利用之前那批盜賊團，據說會交給朵莉絲負責交涉，讓他們從事幕後工作。

愛麗兒和路克為了今後的事情活力充沛地到處奔波，似乎沒有閒下來的一刻。

由於大流士死去，使得王宮產生了些許混亂，但並沒有進一步引發嚴重問題，愛麗兒正穩健地為登上王位做好準備。

佩爾基烏斯將一名部下作為代理人留在城裡，自己老早就回到了空中要塞。

當我對他死了兩名部下一事表示哀悼的時候，他回答說能在空中要塞復活他們。實在是很方便的使魔。

如奧爾斯帝德所說，似乎真的沒有問題。看來我已經沒有事情能幫上忙了。
我的工作已經結束了。
那麼也差不多該回去了吧。
我向愛麗兒告知此事後，隔天就接到了傳喚。

★　★　★

第九天，夜晚。這裡是愛麗兒在王宮內的私人房間。
想要極力避免被灌上外遇嫌疑的我，找了希露菲一起隨行，前往愛麗兒所在的地方。
畢竟她也沒叫我一個人過去嘛。
愛麗兒的私人房間超級豪華。
儘管姑且位於王宮裡面，但房間之大，就算說是住宅也不會感到浮誇。
擺設的家具都十分高級，像沙發甚至鬆軟到讓人以為會直接溶化。
明明不是由金屬打造，但是看起來卻閃閃發亮，這就是這個世界最頂級的房間。
平常的話，女僕應該會把這間房間擠得水洩不通。但愛麗兒今天似乎有特意把人支開，因此房間顯得十分空蕩。在陳列著豪華家具的冷清光景之中，由愛麗兒親手為我們準備了飲品。
「請用。」

「謝謝妳。」

在黃金色的杯子裡充滿了紫色的液體。

是紅酒嗎？想必這也很貴吧。相當於羅曼尼康帝那種品質。

「希露菲也來了啊。」

「是的，要是在半夜和美女兩人獨處，會引來奇怪的謠言。」

「嗯。的確，要是只有兩個人的話，還真不知道會發生什麼事呢。」

愛麗兒雖然在笑，但希露菲卻笑不出來。明明只是開玩笑啊。

「魯迪的話，感覺真的會做出什麼事喔。」

我的下半身完全沒有信用。但這也無可厚非。

不過，我信賴著希露菲。畢竟在前陣子，她還說會選擇我而不是愛麗兒。

老實說我非常心動。甚至覺得如果我是螳螂，就算讓希露菲吃下肚也無所謂。

「那麼——」

分配完飲品之後，愛麗兒也坐回位子上。

「魯迪烏斯先生，請讓我再一次鄭重向你道謝。多虧有你，我才能走到這一步。」

「不，這都是愛麗兒大人自己努力的成果。」

愛麗兒在拉諾亞王國培養的人脈產生了出色的作用。

為了填補大流士死後的空缺，為了取代格拉維爾派的貴族，她將優秀的人才一個一個派遣到重要的位置工作。

只要再繼續按照計畫進行，愛麗兒就能完全掌控阿斯拉王國。

「無論是佩爾基烏斯大人、旅途，還是那位大人的事，要是沒有魯迪烏斯先生鼎力相助，想必我已經失敗了吧。」

「您言重了。」

「真的就像希露菲所說的，如果是僅限一晚，就算和你共度春宵也無妨。」

愛麗兒這樣說完，對我拋了媚眼。

受到誘惑的我差點把視線轉向愛麗兒的頸部，但是被希露菲瞪了一眼，我馬上把視線拉了回來。愛麗兒也擺回原本的笑容。

「就不開玩笑了，事實上我的確想要報答你。」

「報答什麼的，不用啦……」

我只是當成工作看待，況且還收到了豪宅。

聽說那間宅邸今後也將會成為我名下的財產，可以拿來當作別墅使用……

「你有什麼想要的東西嗎？由於我和路克約定在先，因此無法賜予你領地或是爵位，但除此之外，只要是我能自由掌控的東西，什麼都能給你。」

就算妳這樣說。

想跟愛麗兒要的東西啊……好像有很多卻又好像沒有。

要拿什麼呢？在阿斯拉王國好像有很多其他地方沒有的東西。

像魔導書之類？

啊，不對。想到了。有一件事情必須拜託她。

「那麼，雖然不知道什麼時候會開始，但總有一天，我希望能把書本和雕像一起成套販賣。那是魔族的雕像，我希望能以王室的名義得到販賣的許可。」

「噢，是之前和佩爾基烏斯大人提過的那個東西吧。」

「是的，會對您造成困擾嗎？」

米里斯教在阿斯拉王國十分興盛。

要是透過王室大規模地販賣魔族雕像，很有可能會產生摩擦。

「一點也不會困擾。用來量產的工房之類，我也幫你一併準備吧。」

「關於米里斯教那方面，不會有問題嗎？」

「不要緊的。畢竟像這種事情，用錢就能解決。」

金錢力量嗎？

的確，成為阿斯拉王國的國王，就和成為世界上最富有的人一樣的意思嘛。

「那麼，我回去之後要是有進展會再通知妳。」

「好的，我靜候佳音。」

得到了贊助商和工房。

再來端看茱麗的成長進度了。
我記得日記上有寫到以繪本形式出售會比較好賣。
如果要盡可能讓更多人閱讀的話，果然還是要選繪本。雖說不識字的人大有人在，但每個人都看得懂圖畫。這表示還需要個畫家啊……
當我正在心裡打如意算盤的時候，愛麗兒以端正的態度重新面向希露菲。
「希露菲，妳也辛苦了。」
「嗯。愛麗兒大人也是，真的辛苦妳了……」
希露菲在昨天正式辭去了愛麗兒的護衛一職。
到前天為止都還在辦理交接的手續，昨天卻像失去了幹勁似的態度過了一整天。
「已經不再需要我了吧？」
「是的。已經不要緊了。長久以來，真的非常謝謝妳。」
愛麗兒這樣說完，便深深地，十分恭敬地向希露菲低頭致謝。
愛麗兒會向人低頭鞠躬，實在罕見。
「愛麗兒大人，請您把頭抬起來。」
「可是，希露菲。我不希望把這份感情用報酬來敷衍了事。我想要把心裡的想法和心情親自告訴妳。因為，我真的是受到了妳不少幫助。」
「別在意那種事情啦。因為，幫助朋友是理所當然的啊。」

希露菲這樣說著，一直握著愛麗兒的手。

該說她們算是十年的老交情吧。像這種關係真好啊。

「希露菲，隨時都歡迎妳來玩喔。」

「嗯，愛麗兒大人也是，要是妳有事得到拉諾亞一趟的話……不過，應該沒時間來我們家露臉吧。」

「說得也對，那麼到時候就在拉諾亞城堡舉辦宴會吧，我會寄邀請函給妳的。」

「啊哈哈，簡直就像國賓呢。」

後來，希露菲和愛麗兒兩個人度過了一段歡笑著談天說地的時間。

我一邊聽著她們的對話，同時想起了和希露菲相遇時的往事。當時那個孤單地走在田邊小徑的希露菲。就算被周圍的孩子扔泥巴，也不敢做出任何反駁的希露菲。當時的那個女孩，正在和一國的公主……不對，和一位女性談笑風生。

我對這件事不由自主地湧起了一股喜悅。

之後，離開阿斯拉王國的日子來臨了。

第十三話「訣別的訓練和希露菲的變化」

出發當天的早晨。在天還沒完全亮的時候，有一名人物在我們留宿的家現身。是基列奴。

她帶著三把木刀來到了宅邸。

她要做什麼，想做什麼……這些事情就算不用說明，我也能自然而然地領悟。

我和艾莉絲默默收下木刀，換好衣服後便走到庭院。

雖說宅邸的庭院還算寬敞，但由於栽種著各式各樣的花草，讓人感覺有些狹窄。

但要是想到接下來要做的事情，這裡的大小已十分足夠。

我和艾莉絲站在庭院，在基列奴的面前擺出持劍的架式。一臉睡眼惺忪的希露菲坐在稍遠的位置擺放的椅子上。一大清早就開始忙進忙出的女僕們，也不時好奇地偷瞄。

「開始訓練。」

聽到基列奴這句話，我和艾莉絲將劍擺到腰間，行了一禮。

「請多指教。」

基列奴輕輕點頭，舉起了木刀。

我們也模仿她的動作。

「那麼，開始空揮——！一！二！」

我和艾莉絲配合基列奴的動作揮動木刀。在靜謐的庭院中只迴盪著木刀劃破空氣的聲音。

我的劍和她們兩人的空揮相比顯得很鈍。但是，基列奴並沒有因此斥責我。

以前向她學習劍術的時候，每次揮劍都會要我們縮緊腋下，或是要盯著劍尖之類。我想，她今天應該什麼都不會說吧。

「魯迪烏斯！別分心！」

「是！」

似乎是我想多了。

不過她並沒有對姿勢指指點點。或許是我的動作看起來還算有模有樣吧。

畢竟我好歹也會趁空閒的時候練習空揮和型。應該比當時還要進步了不少才對。

「一百九十八！一百九十久！兩百！停！」

正好兩百下，基列奴停止動作。

基列奴和艾莉絲的額頭都黏上了汗水。

僅僅兩百下。但是這兩百下，每一下都是使盡全力揮擊。

因此並非次數的問題。

不過基本上，呼吸並沒有亂掉。這點我也是一樣。空揮頂多只能算是暖身而已。

「那麼，從疾風之型開始！」

「是！」

我和艾莉絲舉起木刀，依照型擺出動作開始揮劍。

動作毫無遲疑。都是駕輕就熟的型。這些型是劍神流的基礎，我也曾教過諾倫。

和艾莉絲結婚之後，我們兩個人幾乎每天都會一起練習。

「好，停！」

當用於訓練的所有型結束之後，基列奴出聲示意。

「對！」

我和艾莉絲聽從號令，兩人彼此面對面。

所謂的對，是指由兩個人進行的練習。大部分都是從打擊模擬練習開始。

在劍道會分為攻方和守方，原本應該要由高階者擔任守方，但艾莉絲是攻方。從以前開始就是這樣，結了婚後也是這樣。那麼，現在也理所當然是這樣。

「開始！」

「啦啊啊啊啊！」

聽到基列奴這句話，艾莉絲朝我攻了過來。

由於終究只是型的動作，速度並沒有那麼快。她用我勉強跟得上的速度進行攻擊，以點到為止結束。當然，劍神流並不存在點到為止的概念，以前的艾莉絲也從未拿捏力道。

但現在可以。她已經能辦到這種事。

「交換！」

一旦立場相反，我的劍就無法觸及到艾莉絲。

因此也不需要點到為止。我和艾莉絲的劍術就是有如此大的差距。要是我也發動預知眼的話多少會像樣一些，但這次不用。因為在菲托亞領地時，我還沒有魔眼。因此不用。

「好，停！」

聽到基列奴的號令，我和艾莉絲停止揮劍。

接著就是和平常一樣自由對練。要是由艾莉絲和沒有魔眼也沒有魔術的我對打演練的話，結果實在是顯而易見……正當我冒出這種想法，基列奴面向我，用下巴指了一下旁邊。

「魯迪烏斯！你在旁邊觀摩！」

當我退到後面，基列奴便向前踏出一步。

於是我再往後退了五步，在草地上正襟危坐。

基列奴和艾莉絲面對面，把劍擺在腰間。

「艾莉絲，這是最後了。」

「…………是。」

艾莉絲點頭，擺出大上段架式。

和我對練的時候，她從未擺出上段架式。擺出居合架式的基列奴，以及把劍舉向天空的艾

莉絲。

她們兩人的架式形成強烈對比。

空氣凍結，時間停止。甚至讓人產生她們倆手上拿的是真劍的錯覺。

我的背開始流下冷汗。

這一瞬間好比永遠。此時，一陣輕風吹過。

沒有信號。

「……」

只聽見「轟」的一聲響起。

我的眼睛無法捕捉到她們兩人的動作。只是在旁見證了結果。

彼此都擺出把劍刺向對方的姿勢。

要說有哪裡不同，就是基列奴手上的劍，已經從劍身根部被整個打斷。

然而艾莉絲的劍雖然有些彎曲，卻已貼在基列奴的脖子上。

「……」

「……」

兩人維持這個姿勢不動好一段時間。過了一會兒，這才慢慢地把劍收回。

把嘴巴抿得死緊的艾莉絲。擺出一副難以言喻神情的基列奴輕輕點頭，並如此說道：

「到此為止，練習結束。」

「謝謝指導！」

我聽到這句話後，維持跪坐的姿勢低下頭。

當我抬頭一看，艾莉絲正一邊咬著下唇，持續地低著頭。她皺起眉頭，臉頰也一陣一陣地顫抖。

「那麼艾莉絲……大小姐……再會了。」

「師……師傅也，多……多……多多保重……！」

艾莉絲把頭抬起，眼角已冒出了斗大淚珠，接著又再一次低頭致意。

基列奴沒有再多說什麼。只是在最後瞥了我一眼，便離開了宅邸。

我感受到了她的想法，她的眼神在說「大小姐就拜託你了」。

想必這並非我的錯覺。

於是我站了起來，朝向基列奴，再一次地深深鞠躬。

對於指導我劍術的她，對於保護了艾莉絲的她。

我有著無法道盡的感謝之情。

「哇啊啊啊！哇啊啊啊啊！」

當我們看不到基列奴的瞬間。

艾莉絲哭了。彷彿是要宣洩這股悲傷一般拉高音量，用無論多麼遙遠都能傳達到的聲音放聲哭泣。

★
★
★

上午，到了出發時間後，有許多人來為希露菲送行。

儘管大部分都是愛麗兒派的貴族，但是他們幾乎都對希露菲，也就是沉默的菲茲是女性這件事毫不知情，聽到和我結婚之後也吃了一驚。但即使如此，他們對待希露菲的方式似乎也沒有任何改變。

他們簡短地道謝後便離開了。

希露菲對那些人也一直以笑容對應，但果然只是類似交際應酬那樣吧。最後她以受不了的表情抱怨說「像這種事情實在讓人喘不過氣呢」。

但再看到兩名隨從出現時，希露菲就展露了笑顏。

埃爾莫亞．布魯沃夫。

克麗妮．艾爾隆德。

儘管這兩人和我沒有關聯，但和希露菲是親密好友。她們約好總有一天還要再會，含著眼淚互相道別。

最後來的人是路克。

他待的時間大約就十五分鐘左右吧。身為愛麗兒的輔佐，身為地區領主，忙得不可開交的他也在百忙之中抽空前來道別。

「希露菲……保重啊。」

「嗯。」

路克或許是感到有些愧疚，不太敢直視希露菲的眼睛。

「那個，抱歉。在最後的最後，說了那種像是測試妳的話。」

「別在意。畢竟路克也感到很不安，這也沒辦法啦。可是，要是你真的打算對愛麗兒大人做出什麼事情的話，我也不知道自己會做出什麼事喔。」

「是嗎……謝謝妳。」

「不客氣……是說我們講這些感覺有點奇怪呢。」

「是啊。」

希露菲和路克這樣說完，便笑了出來。

在彼此笑了一陣子後，路克露出苦笑，並「啊——」了一聲，思考該如何開口。接著他丟下了爆炸性的發言。

「希露菲。如果，妳在魯迪烏斯身邊待不下去的話……就來我這吧。」

聽到這句話的瞬間，我整個人都僵住了。

因為……這不是那個……求婚嗎？

這種事情不是別人老公在旁邊的時候該說的吧……

「你在說什麼啊……我不可能和魯迪分開，假設真的變成那樣，我也不可能和路克結婚啊。」

「不對，我不是指結婚。我只是想說，當妳無處可去的時候，不管是我、埃爾還是麗妮，都會毫不猶豫地歡迎妳。」

路克說了很有男子氣概的話。

撇除戀愛情感，反正有困難的話就來找我的意思嗎？不要用這種會讓人誤會的講法啊。

不過，可以看到路克的額頭上流下冷汗。難道說這傢伙想當希露菲的小王嗎？他明明說過自己對沒胸部的女性沒興趣……不對，說這些話的含意可能也是為了刺激我吧？

我也得更加精進才行。

「我想應該不會變成那樣啦，不過，我偶爾會來玩的。」

「嗯，下次見。」

「嗯，路克也要保重喔。」

和艾莉絲相較之下，離別的方式非常平淡。

也對，畢竟不是這輩子再也見不到面，一般都是這樣吧。不僅如此，感覺往後也會很普通地來往。

「魯迪烏斯。」

當我這麼想的時候，路克朝我走來。怎麼了？又要決鬥嗎？

「旅途中懷疑了你，抱歉。」

他道歉了。

「不，畢竟我也有很多可疑的行動，會被懷疑也是情有可原。」

這次，路克受到了人神的慫恿。

不過從結果來看，我自己的言行舉止也的確會遭人懷疑。畢竟我早知道路克很有可能就是人神的使徒。所以不能把錯全都推給他。

「況且，懷疑別人是路克學長的工作吧。」

「……能聽你這麼說，我也鬆了口氣。」

路克輕輕搔了搔臉頰，咧嘴一笑。

「魯迪烏斯，你也是，要是希露菲無法滿足你的話，就來我家吧。在諾托斯家，可是僱用了許多這種身材像棍子的女人完全無法相提並論的侍女。」

「路克！」

聽到希露菲生氣大吼，路克驚慌地縮起身子並笑了出來。

「開玩笑的……」

然後，路克重新坐上了自己騎來的馬上。

輕盈地跨上白馬的身子實在相當有模有樣。不管怎麼看都像個王子。

「魯迪烏斯，希露菲就拜託你了。希露菲，保重啊。」

路克在最後丟下了這句話，便瀟灑地離去了。

當初相遇的時候我還覺得他是個討人厭的傢伙，但如果保羅沒有離家出走，我和他在同一個家裡長大的話，或許我和那傢伙會意外地相處得更好……

我在腦內想像著那樣的光景，和希露菲一起目送他離去的背影。

好啦，告別完了。再來就是回家了。

歸途又得花上一個半月的時間……其實沒有，因為佩爾基烏斯會送我們回去。

據說在這十天當中，佩爾基烏斯在王城重新設置了轉移魔法陣。

我們會用那玩意兒移動到空中要塞，再移動到魔法都市夏利亞近郊的城塞遺跡。從那裡只要花半天時間就能回到我心愛的家。

和去程相比，回程顯得輕鬆愜意。

更何況今後若是想來阿斯拉王國一趟，也只需要半天時間就能抵達。

我將這件事和艾莉絲說明之後，看樣子她似乎以為回去也需要花上一個月以上的時間。

「什麼嘛！害我哭得像笨蛋一樣！」

然後我就挨揍了。

不，我認為道別也是很重要的。就算物理上可以馬上碰面，精神上的距離也很遙遠啊。

的確啦，要說事情搞砸的話也沒錯。畢竟浪費了艾莉絲寶貴的眼淚。

不過，既然艾莉絲是這樣想的，基列奴應該也同樣這麼認為吧。
這對師徒真是一個樣啊。到時候再突然出現嚇嚇她好了。
算了，沒事就找佩爾基烏斯提供近路麻煩人家也有點那個，還是等到有要事的時候再拜託佩爾基烏斯吧。
……不對等等，最好還是要有個緊急的移動手段。
反正奧爾斯帝德也會畫轉移魔法陣，或許不該侷限在阿斯拉王國，最好預先設置好通往各國的直達通路。如果是只有我們知道的魔法陣，就算是人神也沒辦法摧毀。
好，下次就提出企畫書吧。

由於要使用被視為禁忌的轉移魔法陣，我們跟眾人道別後先一度離開城鎮，之後再悄悄掉頭回到城內。一來一往移動之後，太陽也已經完全下山。因此還麻煩佩爾基烏斯讓我們在空中要塞住上一晚。
現在的位置是佩爾基烏斯的空中要塞裡的一間房間。
成員是我、艾莉絲以及希露菲三個人。
來的時候是八個人。回去時剩三個人。確實會讓人感到寂寞。
我一邊這樣想著，一邊看著暖爐的火焰。
艾莉絲和希露菲正躺在身後的床上一起睡覺。

平常的話會彼此分房睡，但不知為何，今晚希露菲和艾莉絲都想和我睡在同一間房間。

或許她們內心有什麼想法吧。搞不好，今天是ＹＥＳ的日子？不過艾莉絲還沒下定決心挑戰三人行，今天還是別做那檔事了。

不管怎麼樣，雖然借了稍微大間的房間，三個人排成川字睡在一起，但我的精神卻莫名地好。但也沒特別做什麼，我只是看著暖爐的火焰，沉浸在思緒之中。

周圍十分安靜。唯獨火焰燃燒的劈啪聲響支配了整個空間。

我一邊注視眼前的火光，同時回想這次發生的一切。

我勝利了。贏過了人神。就算說是一場大勝也不為過。

我方沒有死人，不僅打倒了所有使徒，還把愛麗兒拱上了王位。

然而以大勝來說，卻充滿了不安，也毫無實際感受。

畢竟這只不過是奧爾斯帝德為了將來而設的布局。儘管這次是很重要的一戰，但充其量也只是拿下了一個回合。今後還會再持續展開這樣的戰鬥。

像這種只會徒增擔憂與不安的思緒，絲毫無法感受到自己是否獲得勝利的戰鬥。

我在這次到底做了什麼？

受到愛麗兒幫助，害艾莉絲遭到生命危險，還讓奧爾斯帝德幫忙善後。

這樣真的好嗎……

「……魯迪。」

當我湧起這種想法的時候，希露菲突然清醒了。
「你還沒睡嗎？」
「嗯。」
「已經是深夜了喔。」
她望向窗外並如此說道。
外頭一片昏暗。自從她們倆入睡後似乎已經過了很久。
「呼……」
希露菲沒有躺下繼續睡，而是坐在我旁邊。
我們身體互相依偎在一起，她把頭靠在我的肩膀上。我也理所當然地摟住了她的肩膀。
「……」
我們暫時經過了一段沉默的時間。
希露菲的身體很溫暖。火燙到甚至讓人覺得她是不是發燒了。
當我盯著她的背頸時，正好和抬起頭的希露菲眼神交會。
希露菲的眼眸有些水潤。現在應該要親下去吧？我抱著這個念頭，往抱住肩膀的手施力的時候——
「……怎麼說呢……」
希露菲開始低喃。

「辭去愛麗兒大人的護衛之後，我好像失去了幹勁。」

我取消了接吻的動作，決定聽她說話。

「就覺得，全部都結束了啊……」

希露菲的神情看起來豁然開朗。

在這八年裡，她一直擔任著愛麗兒的護衛。

八年。

從十歲到十八歲。她的青春時代，總是與愛麗兒和路克一同度過。

說不定，她現在感覺自己失去了什麼。

那麼，我有辦法填補那份空缺嗎？

可是，我和希露菲已經不是朋友。夫妻是無法取代朋友的。

「然後啊，魯迪。我也想過了。」

看到我不發一語，希露菲接著喃喃發表想法。

「以前，我都只顧著愛麗兒大人，一直沒有好好照顧露西，所以今後，我打算一直待在家裡。」

我看著希露菲，她露出像是下定某種決心的表情。

「露西今後會慢慢長大，照顧起來會比現在更加費心。」

希露菲一邊這樣說，一邊把頭往我的肩膀上蹭。

我用力地撫摸著她的頭。希露菲的頭感覺比平常還要來得熱。

「所以，我想要專心照顧小孩，當一個稱職的媽媽。」

我從來不認為希露菲是一個不稱職的母親。

不過，要是對照這個世界的常識，也可以視為她其實放任小孩子不管。

畢竟會把育嬰工作完全交給女僕的人，頂多只有貴族。

我們並不是貴族。

可是，我原本是異世界人。是從雙薪家庭並不稀奇的國家來的。

「要是妳有什麼想做的事情，也可以去做喔。」

希露菲才十八歲。

在這個世界已完全是個成人，但是也僅僅活了十八年。

比方夢想什麼的，她肯定還會有許多事情想嘗試。如果是因為想要玩樂而把照顧小孩的事放著不管倒是另當別論，但如果是邊育兒邊提升自己的話，我認為那也未嘗不可。

算了，會有這種想法，或許也是因為我身為父親的自覺還不夠吧。

「嗯……想做的事情啊……」

希露菲輕輕歪了歪頭，接著抬頭看著我。

「那個啊，其實我曾經想變得像艾莉絲那樣。」

「像艾莉絲？」

聽到她這麼說，我反射性地想到的是胸部。希露菲的胸部就是小才好啊，要是變得太大的話我反而困擾。不過，既然她這麼想變大，那我就每天按摩……不對，應該不是說胸部吧。

「沒錯，我想和魯迪站在同樣的位置。像是一起戰鬥之類。以對等的立場，和魯迪一起保護彼此的背後，我啊，曾經想要變成像那樣的關係。」

「……」

「可是，經過奧爾斯帝德那件事，還有這次的事，我才深切地體悟到，我根本就遠遠不及艾莉絲，也不及魯迪。」

我不這麼認為。

希露菲已經遠比一般人還要強。當然，和艾莉絲相比層級或許是低了一些。

但那也沒辦法。因為艾莉絲是只為了這個目的而活。

相對的，希露菲也擁有很多艾莉絲所沒有的東西。

「所以，我放棄這個想法，打算以別的角度來守護魯迪的背後。」

啊，原來如此。希露菲願意用艾莉絲所沒有的東西，來保護我嗎？

「那就是……母親？」

「嗯。洛琪希好像暫時也沒有放下教鞭的打算，所以我要努力照顧家裡的小孩子。好好管教他們、教育他們，把他們培育成不論到哪都不會感到羞愧的小孩。」

實在令人感激。但是，也實在讓我感到歉疚。

我今後肯定也不會有太多時間好好照顧小孩。和人神的戰鬥並不會就這樣結束，身為奧爾斯帝德屬下的工作也會源源不絕而來。

到時會像這次一樣，離開家裡前往很遠的地方戰鬥，之後歸來。

「所以，魯迪。今後就交給我吧。」

不管怎麼樣，希露菲為自己設定了新的目標。找到了自己全新的定位。完成了一件事情，往下一個階段邁進了。

「嗯，今後也拜託妳了。」

不知為何，突然覺得希露菲好惹人憐愛。

平常就很可愛的希露菲，今天看起來更是可愛。

我的忍耐已經到極限了。我把臉湊近，親吻希露菲。

希露菲沒有抗拒，接受了這個吻。

然後，我把繞過肩膀的手移動到屁股。

希露菲露出發現我要幹什麼的表情，傷腦筋地歪著眉毛，卻也同時把腰稍稍挺起……

「……唔！」

……這個瞬間，我就好像被美杜莎盯著的戰士一樣動彈不得。

有一股視線。在哪……是床上。

應該已經睡著的艾莉絲正看著這邊。她用炯炯有神的目光盯著我們。絕對不是會哼著充滿朝氣歌曲的眼神。那是猶如恐龍的視線。

為什麼她在看這種場景時要隱藏氣息啊？超可怕的。

「我們差不多該睡了。」

「咦？啊……嗯，也對。」

我和希露菲兩個人鑽進了艾莉絲等待的被窩。

算了，像這種事情就算回去再做也不遲。在這座城堡做的話，搞不好佩爾基烏斯還會趁機偷窺呢。

「真是的，艾莉絲，不要來亂嘛……」

「對……對不起……可是，這樣太狡猾了嘛……」

「才不狡猾呢。不然，我們現在三個人一起？」

「不……不行啦，那個，三個人什麼的，太害羞了啦……」

我和艾莉絲做的時候，總是會被她搞出很難為情的姿勢，到時害羞的人可是我啊……

該怎麼說，聽著她們兩人像這樣小聲的對話，我得到了一種愉悅的滿足感。

希露菲的內心產生了巨大的變化。可以看到她在這次的事件得到了長足的成長。

那麼，我也必須改變才行。

把背後交給她，變得更積極向前……

我想著想著，進入了夢鄉。

第十四話「歸鄉與決意」

魔法都市夏利亞沒有任何改變。和兩個月前一模一樣。
頂多就是有房子正在搭建，或者是修築中的城牆完工了這樣。
想想也是當然。僅僅兩個月就出事的話那可受不了。奧爾斯帝德已經和我約好家人會平安無事。要是夏利亞突然變為廢墟，我可要殺去勞工總會申訴啊。
要和愛麗兒一起綁著頭巾，向社長直接談判！嗯，之所以能像這樣開玩笑，也是因為知道這裡一如往常而鬆了一口氣。
我們通過廣場，移動到自家門前。
房子也沒有任何改變。像是燒燬了，結凍了，還是覆滿了荊棘之類的變化都沒有發生。在庭院前面行光合作用的比特正隨風搖曳著身體。犰狳次郎也正待在狗屋裡面睡午覺。很和平。
「我們回來了——」
「歡迎回家——！」
一打開玄關大門，家裡就傳來了奔跑的腳步聲，愛夏很快地衝了出來。
她活力充沛地飛奔到我的懷裡。

真有精神。看到她一如往常真好。

「伴手禮呢？有幫忙買伴手禮回來嗎？」

「來，這個給妳。」

艾莉絲迅速地從行李取出一盒箱子。

愛夏看到後，馬上從我身上跳開並接過箱子。

「哇～謝謝艾莉絲姊～！」

愛夏立刻打開箱子取出了裡面的東西。

是有著飯勺形狀的陶器。握把上刻有精美的雕花。愛夏看著這個，眼睛閃閃發出光芒。

「這是鏡子對吧！我在西隆有看過！」

「沒錯！」

或許是因為阿斯拉王國和貝卡利特大陸互有往來，當地販賣著許多玻璃工藝品。

這次回程的移動時間不多，因此我們主要購買了鏡子和玻璃工藝品。

「哇～好棒喔……感覺很貴耶！哇～……！」

「哼哼，看來妳很中意呢！」

看到愛夏高興的模樣，艾莉絲露出一臉得意的表情，但選的人是希露菲。

艾莉絲的品味也不差，但她挑的東西都太樸素了。像是堅固的菜刀之類。

「像這樣照著鏡子，就會覺得人家真的好可愛喔……！」

愛夏邊自賣自誇邊轉著圈圈。

她一直打轉，直到遲了一會兒出現的莉莉雅敲了她的頭為止。

看到愛夏這麼活蹦亂跳，就讓人心情放鬆。

只要她高興就好了。

「……莉莉雅小姐，我們離開後應該沒有任何改變吧？」

我姑且詢問。莉莉雅一如往常面無表情地點頭。

「是的，大家都非常健康。」

「這樣啊。」

太好了，真的太好了。

可是，正當我打算放心的時候，愛夏卻突然表情一沉。

「啊，可是啊，哥哥……洛琪希姊……」

洛琪希？洛琪希她怎麼了嗎！難不成流產……？不對，這樣的話莉莉雅應該會先開口。難道是身體不舒服住院了嗎？

「洛琪希姊變……」

愛夏說到一半，突然打住不說。

她的視線望向通往客廳的門口。洛琪希的臉從那個位置探了出來。擺著像是「女傭看到了」那種姿勢。只露出一半身體。

「洛琪希，我回來了。」

至少看起來不像生病。也不像是哪裡有受傷。

看起來很健康。

「魯迪，歡迎回家。」

我向她搭話之後，洛琪希維持那個姿勢直接回答。

「原本以為還會再稍微花上一些時間，但既然你們按照預定的時間回來，表示事情應該圓滿結束了吧。」

「是啊。愛麗兒大人順利打贏了這場政爭。」

呃，正確來說還沒有贏，搞不好之後會收到「愛麗兒公主死亡！」這種新聞……算了，要這樣講的話可沒完沒了。

「是嗎，那實在是太好了。」

洛琪希刻意隱藏自己的身體。

她只有讓我們看到臉。是我的錯覺嗎？那張臉看起來有點圓。

難道說，洛琪希變胖了……！

沒關係啦洛琪希，大家好像說生小孩的身體還是多少胖一點比較好嘛！

增加了一些體重根本就不需要在意。

畢竟艾莉絲的體重可是將近洛琪希的兩倍呢。

「那……那個，哥哥。洛琪希姊最近心思比較細膩，你要對她溫柔一點喔。」

神經質。在懷孕中發現體重劇烈增加，自然也會感到不安。

而且在感到不安的時候，讓她安心也是我的職責。

「我並沒有神經質。」

「那為什麼從剛才就把身體遮住？」

被希露菲這樣一說，洛琪希這才勉勉強強地探出了身體。

我們離開家裡的時間大約兩個月。洛琪希的肚子在這段期間隆起了不少。

仔細想想，在懷孕時體重增加也是理所當然。畢竟肚子裡的小孩會長大嘛……

不過話又說回來，胸部看起來好像也大了一些。由於之前都隔著衣服所以不是很明顯，但現在能看出有些微膨脹。想必也已經會分泌母乳了吧。

稍微嚐一下味道……不對，先別想這種事。

不過雖然說是魔族，但米格路德族和人族並沒有什麼區別啊……

「最近，我感覺自己的身體好像不是自己的一樣。肚子也慢慢膨脹，可以感覺到裡面在動……雖然大家都跟我說不用擔心……」

「啊，我懂。我之前也是那樣。這種時候魯迪就偏偏不在身邊呢。」

聽到希露菲感同身受，但我卻感到胸口一陣刺痛。

對不起啦。雖說當時真的是沒辦法，總之對不起。

「嗚……我對不起妳們，希露菲……洛琪希……」
「咦？啊，不是啦。我不是想因為這件事責怪魯迪。」
希露菲嘴上說不用在意，但眼神卻在漂移。
「呃，總之妳今天就和魯迪過兩人世界吧，對吧，艾莉絲？」
「咦？啊，對……對啊。」
艾莉絲一直來回盯著洛琪希的肚子和自己的肚子。
想必是在想像自己到時的狀況吧。
「所以嘍，魯迪就好好陪洛琪希吧，行李之類的由我來處理……呃，露西在哪裡？」
「露西小姐正在二樓和塞妮絲夫人玩耍。」
「是嗎，謝謝妳，莉莉雅小姐……好啦，艾莉絲妳也過來。」
「知道了。」
她們倆沒有等我回應，便提著行李走上了二樓。

我依言陪洛琪希移動到客廳。在客廳的暖爐前面，聖獸雷歐正縮成一團取暖。牠看到我之後便汪了一聲，搖著尾巴靠了過來。
當我撫摸牠的頭後，牠就舔了我的手。喔喔，真是可愛的傢伙。
「……」

我和洛琪希並坐在沙發上。

她似乎不太想讓我看到身體，身上穿著蓬鬆的衣服然後縮成一團。或許是在意自己的身體曲線走樣吧。雖說我認為她現在的樣子也十分有魅力。

「洛琪希？」

「啊，阿斯拉王國那邊狀況怎麼樣？既然你們按照預定時間回來，應該順利結束了吧。」

「那件事剛才說過了喔。」

洛琪希難得會這麼緊張。

她是怎麼了？雖然驚慌失措的洛琪希也很可愛啦，但希望她別讓我看到那麼可愛的模樣誘惑我啊。

雖說在王都時對那方面的事情不會有困擾，但或許是因為完成工作的安心感使然，讓我腦中的雜念比率正持續擴大。

不管怎麼樣，既然她神經質，那麼最好壓抑我色情方面的想法。

一個貼心的男人，是不會隨意宣洩自己的欲望。先說些體貼的話吧。

好。

「呃……那個，妳的肚子變得還滿大的呢，我可以摸嗎？」

「不……不行！」

二話不說就拒絕了。不行嗎？算……算了，畢竟她正處於敏感的時期。那麼……

「胸……胸部也不可以喔。」

被她先講出來了。這樣簡直就像我一直都只想著胸部啊。

雖然我並不否認。

「最近開始會滲出黃色的液體。」

「原來如此。」

希露菲那時也是這樣，應該是母乳分泌的前兆吧。

雖然想跟她說要按摩的話可以交給我，但她不會願意吧。

「那……頭呢？」

我這樣說完，洛琪希把頭頂朝向這邊。

我伸手撫摸，柔順的髮絲讓手指感到很舒服。

胸部和肚子不行，但頭卻可以。必須好好看清其中的分別。

我要找出非常偏外角的好球帶。

「屁股呢？」

「……可……可以啦。」

洛琪希紅著臉並允許我這麼做。

好像可以。所以我盡情撫摸。好渾圓……呃，不行，錯了。讓她體貼我就本末倒置了。

不是這樣。該怎麼做？比方說……提小孩子的事情。

「呃……在家的這段期間，我打算盡可能和洛琪希在一起。」

「這……這樣啊。可是，你不用勉強自己。畢竟愛夏也在，魯迪也有很多事要做吧？」

「的確很多沒錯，但是，我好歹也知道懷孕這種事有多麼辛苦。像是上下樓梯到幫忙洗澡，我什麼都願意做。」

「洗……洗澡嗎？」

洛琪希對洗澡這個詞彙有誇張的反應。

怎麼？胸部和肚子不行，頭和屁股可以，而洗澡卻不行。唔，想不透。

「也對……畢竟魯迪很喜歡洗我的身體嘛……」

嗯，非常喜歡。我最喜歡不用布直接用雙手搓洗。

雖說基本上都會在途中按捺不住，轉而供給汽油。

「魯迪……畢竟你遲早有一天會發現，所以我就先開口吧。」

「是。」

洛琪希像是認命似的轉向這邊。她的表情十分嚴肅。

奇怪？難道說事態比我想像中還要嚴重嗎？

其實肚子裡的小孩罹患嚴重的疾病之類，從肚子裡聽到「人稱！魔、界、大、帝！」之類的聲音……

不對，真是那樣的話莉莉雅應該會跟我提起。那不管怎麼看都是嚴重事態。

那到底是怎麼了？啊，她該不會要說，肚子裡的孩子不是魯迪的小孩？要是生下來之後才長著獸耳和尾巴什麼的……喂……喂喂，拜託別鬧了啊……

「……」

洛琪希用難以言喻的表情解開衣服的鈕釦。然後把衣服捲起來，露出了肚子給我看。白皙的小腹大大地隆起，肚臍還稍稍凸了出來。

可愛。嗯，真可愛。除此之外我也想不到別的。

皮膚上也沒有長出什麼奇怪的斑點……

「有什麼問題嗎？」

「看……看了就知道了吧？」

就是因為看了也搞不清楚所以才問的啊……

「那個……肚臍，凸出來了對吧？」

嗯。的確，變成凸肚臍了。不過那又怎麼樣？因為小孩會從內側擠壓肚子，所以原本縮著的東西跑出來也是理所當然啊。

更何況，我聽說這種現象在孕婦身上很常見。

「……是啊。」

「嗚嗚，果然很奇怪吧……？」

看樣子，洛琪希似乎不喜歡這個凸肚臍。

原來如此，的確是神經質。在他人眼裡看起來並非大不了的問題。但是對本人來說卻很嚴重。

也是會有這種情況。

「……不會，我覺得非常可愛。」

「我不會被騙的。因為你剛才回應時遲疑了一下。」

「我沒有說謊。我一點也不在意。」

「騙人。因為魯迪之前不是說過嗎？你一邊舔著我的肚臍一邊說『嗚嘿嘿，洛琪希的肚子果然最棒了』。」

怎麼可能。就算是我也不會那麼噁心……啊，不對，如果是在床上的話，我或許會因為當下的氣氛使然說那種話。說不定有講。應該有講。我有講過嗎？有吧。我也太噁了吧。

「從那天起，我每天都會記得清潔肚臍。所以喜歡肚臍的魯迪看到這個，一定會覺得很失望吧？」

「才不會。」

我這次可以馬上回答。畢竟我不是肚臍愛好者。如果是洛琪希的身體，就算會從肚臍發射飛彈，我也會抱著虔誠的心崇敬禮拜。

啊，說到這個我想起來了。我記得之前在夜晚的大人相撲正激烈時有舔過肚臍，洛琪希感到非常害羞。所以我才得意忘形拚命誇獎她。

「我不會被騙的。因為魯迪每次都是嘴上說說。」

不過洛琪希卻不願意相信。唔。

「如果你希望我被騙的話，就請你用行動來表示。」

「行動……我該做什麼？」

要說我能辦到的，就是正式成立洛琪希教團，在超過十萬人的信徒前面進行演說或舉辦儀式而已。因為這也還得花上一點時間，沒辦法馬上辦到。

當我在腦內胡思亂想的時候，洛琪希把腹部稍微挺到前面。

「請舔我。」

「可以嗎？」

洛琪希講了非常驚人的事情。

不過，做這種事好嗎？這倒不如說是獎勵吧？這種事情反而應該是我主動拜託才對吧？

不對，別想得太複雜。這肯定就是所謂的神諭。

好，請讓我合掌吧。

我、要、開、動、了。

「……」

我舔了。

像是發現我們在做什麼有趣的事情，雷歐走近我們並且把鼻子貼了上去，同時舔著洛琪希

的肚子。

就在這時，肚子裡有什麼東西動了。

是種很像抽動又很像輕輕敲打的那種微小力量，但或許是因為我正用舌頭舔著，可以清楚感受到。

洛琪希好像也察覺到了。

她身體僵硬，和抬頭的我四目相接。

「動了。」

「……應該是在向爸爸說歡迎回家吧。」

我挺起身子，撫摸洛琪希的肚子。雖然她一開始說不行，但這次並沒有拒絕。

好溫暖的肚子。可不能讓這裡著涼啊。

「……」

洛琪希已經不會再感到害羞了。

只是掛上慈祥的表情，將自己的手放在我的手上。

「謝謝你，魯迪。和希露菲說的一樣。不知道為何，我感到很安心。」

聽到洛琪希這句話，不知為何我也很安心。

「那我再好好說一次。魯迪，歡迎回家。」

「我回來了。」

我回到家了。

★★★

隔天，我去向所有親朋好友報告歸來的消息。

札諾巴、克里夫、艾莉娜麗潔。至於七星已經在我們留宿在空中要塞時見過，所以下次再說。

仔細想想，我在魔法都市夏利亞的朋友也少了許多。

大家都離開了這座城鎮。克里夫和札諾巴也是，總有一天會離開吧。

我這樣想著，並前往最後一個地方。

時刻已經是黃昏。

在橘黃色的視野之中，我所來到的地方，是墓地。

圓形的墓碑並排而立，闃若無人的場所。一般而言，這裡並不適合在逢魔時刻前來，但我到各處打過招呼後就已經到這個時間，這也無可奈何。（註：逢魔時刻即黃昏時刻，為天色漸暗，晝夜交錯的時間，據說會容易遇上災禍）

我向守墓人打了聲招呼後進入墓地，站在其中一塊墓碑前面。

保羅．格雷拉特。

那塊圓形墓碑上刻著這個名字。我向著依舊很新的墓碑雙手合十。

「爸爸，我這次在沒有任何人死去的情況下辦到了。」

我獻上在王都買來的酒和附近買來的花，報告這次事件。

奧爾斯帝德的事，人神的事。還有，關於在阿斯拉王國的戰鬥。

「我還見到了爸爸的弟弟。算是我的伯父吧。他和爸爸很像，是個內心脆弱的人。」

我想起皮列蒙的長相。他果然和保羅十分神似。

儘管體型和個性都截然不同，但果然是弟弟。感覺眼角那邊特別相像。

「完成任務的時候那個人也沒死。是爸爸的姪子賭上性命保護了他。說實話，我有點羨慕。」

路克保護了差點被處刑的父親。儘管我沒有聽到所有對話，但在我眼裡是這麼覺得。皮列蒙絕對不是值得稱讚的人類，當初的預定也是打算殺了他……

但我看到路克的行動後，不知為何想要幫他加油，於是出手幫了一把。

「然後我也殺了人。雖說不是我直接下殺手，但我是抱著殺人的打算逼迫、攻擊，後來對手就死了。儘管我並不後悔，但這種滋味很糟糕。」

這並不是我第一次殺人。

類似的狀況之前也曾發生過。並非只有這次是特別的。明明是這樣才對，但不知為何這次卻一直惦記在心。一定是因為我聽了水神列妲說的往事吧。

「……」

我回顧這次的一切。這次姑且是辦到了。

我不希望喪命的人們一個也沒死，也達成了目的。

但卻是千鈞一髮。真的是千鈞一髮。要是稍有差池，或許會有某個人因此而死。這樣就算到最後達成目的，或許也會在心中留下令人牽掛的結果。

這次的任務確實成功了。是無可挑剔的完全勝利。

但是，我認為該反省的部分也很多。

如果，在赤龍鬍鬚打倒奧貝爾的話。

如果，維．塔逃走的時候奧爾斯帝德不在的話。

如果，被水神的剝奪劍陣困住時奧爾斯帝德沒來的話。

如果，奧貝爾的毒沒有解藥的話。

當然，像這種事情講也講不完。

但是只有一件事可以確定。人神並沒有因為這次的戰鬥而死。雖然了結了一件事，卻不代表戰鬥到此結束。這不過是今後還會一次又一次持續下去的戰鬥中的其中一局罷了。

戰鬥會持續下去。

而這種戰鬥……今後也有辦法像這次一樣僥倖嗎？

這次運氣很好。但是……那一直以來的戰鬥又該怎麼說？我至今為止，不是經歷過好幾次失敗了嗎？可是，我卻認為那樣並不算失敗。

比方說保羅死去的時候。

我認為那是豁盡全力得到的結果，所以無可奈何。確實，當時……當時我的確使出了全力。或許有誤判情勢，做出了錯誤選擇。但即使如此，當下能夠做的事情，我應該全部做了。然而在最後，卻留下了不想看到的結果。那是無法避免的事情。運氣太差了。無可奈何。

可是，真的是那樣嗎？

那假如運氣好的話，保羅就有辦法活下來嗎？

嗯，當然會活下來。在最後的最後，九頭龍做出垂死掙扎，害保羅喪命。那麼，要是運氣好的話自然會活著。要是運氣好，有什麼地方不同的話。但反過來說，要是運氣不好，某個人在中途負傷，讓我們決定暫時撤退的話。要是和當時的狀況有一些不同的話，要是再多出一名戰力的話……

雖然盡是說些假設，但運氣就是那麼一回事。

我從今以後──

還必須把家人的性命，繼續託付在運氣，託付在那種東西上嗎？

這次許多人都差點喪命。尤其是艾莉絲，她肩膀受了重傷，甚至還中了毒。

她有驚無險地站在死亡的深淵前面，幸運地活了下來。但下次說不定會因為就差了那一步而死。

把這種事情託付給運氣真的好嗎？

不，當然啦，有時候也只能依靠運氣。畢竟人類的能力有限，也有辦不到的時候。要掌控一切根本就是天方夜譚。

可是，比方說這次的狀況。

要是我能做的事情稍微再多一點。要是我再稍微強一點。和別人之間的關聯，再稍微深一點的話。

說不定就不會搞得這麼驚險。

要是再稍微有些不同的話，我就能再稍微地游刃有餘了吧。

而再稍微一點的某種東西。必須要靠自己的雙手去掌握。我必須要變得更強。必須要鍛鍊自己。必須要增加伙伴……

「……不過，這些事情我一直以來都有做。」

後悔會一直留在心裡。沒有足夠的時間把一切做到盡善盡美。也不能保證做了什麼就能高枕無憂。儘管未來的我那麼強大，但卻變得那般不幸，所以只是變強是不行的。

可是，至少我不能因為這次一帆風順，就得意忘形。

今後，我依舊會作為奧爾斯帝德的屬下和人神戰鬥，必須將原本會在千鈞一髮之際得救的狀況，變成在稍微有些餘裕的狀況下獲救。為了不讓家人因為自己的無力而死，為了能更確實地保護這一切。

我今後不能再大意了。

重新在內心這樣發誓吧。要是快遺忘初衷的話，不論幾次都要來到這重新發誓。

「爸爸，我今後也會繼續努力。請你保佑我。」

我最後這樣說完，便離開了墓地。

閒話「？？？」

某國某處，時間是深夜。

某個酒館的老闆看到了不可思議的現象。

眼前是一名男子。他已經醉了。

或許是先前已到了好幾間酒館吃吃喝喝。當他走進店裡的時候已是渾身酒意，而且來到這間店之後也以一定的速度不停灌酒，喝得爛醉如泥，但即使如此還是繼續喝，跑去店裡的廁所吐了好幾次。

當然，對酒館的老闆來說，看到醉漢並不稀奇。

他也看過好幾個人雖然超過極限卻一直喝下去，最後就那樣死去。所以這種程度的醉漢每天幾乎看到見怪不怪。

但是——

「嗚~……哦？」

就在時刻接近深夜，店裡開始幾乎沒有客人。

老闆一邊想著差不多是時候打烊，一邊洗著碗盤。

就在這時，男子突然間像是注意到什麼似的抬起頭。他的視線漂移，用睡眼惺忪的表情看著隔壁的座位。

男子的旁邊沒有任何人。

「好久不見了嘛！喂！」

然而，男子卻唐突地這樣說道，並做出了像是拍著隔壁的某人肩膀的舉動。儘管他的手漂亮揮空，但男子卻不在意，繼續說下去。

「搞什麼啊。你的臉怎麼這麼陰沉啊？啊？是不是遇上什麼倒楣的事啊？」

老闆認為這只不過是醉漢的胡言亂語，打算繼續洗盤子時——

「搞什麼啊……喂，老闆。」

聽到這聲呼喊，老闆不經意地抬頭望去。

仔細一看，男人用無法鎖定焦點的眼神，東張西望地環顧四周。

「幫這傢伙也拿酒過來吧！」

老闆不知道「這傢伙」指的是誰，但既然客人點餐就必須準備，正當他想回應的時候——

話。

「沒人啊。搞什麼。居然丟下客人不管是跑哪去啦。對吧？」

男人像是確認周圍沒有任何人後這樣說道：發出了打從心底失落的聲音，向旁邊的某人搭話。

老闆嘆了口氣。

雖然不是第一次聽到醉漢的胡言亂語，但會說出怪話的客人，有時會不知所謂地大鬧。儘管從外表看來，男子並不怎麼擅長打架，但還是希望別在這種深夜增加他善後的工作。

絲毫沒有察覺老闆的擔憂，男子繼續和隔壁的某人搭話。

「所以，怎麼啦？你已經好久沒讓我看到你了。自從迷宮那次之後，呃……算了，有什麼話你就說吧。」

於是，男子開始聽隔壁的某人說話。

老闆聽著聽著，覺得心裡越來越毛。

因為那段「對話」實在是有模有樣，讓人不覺得這是一名醉漢的自言自語。

「噢，所以，有人盯上了你的性命啊？」

「哈，那當然啦，照你的做法，肯定會樹立不少敵人嘛。要是我的立場不同，搞不好也會憎恨到想殺了你呢。不過，畢竟我是個不拘泥於過去的男人，因此沒必要特地與你為敵。」

「——啊？有事拜託我？喂喂，你竟然會拜託別人，還真稀罕啊。」

「可是啊，我記得之前聽從你的要求那次，反而是慘不忍睹耶。你還記得嗎？就是之前毀滅我的故鄉那個時候。」
「道歉？喂喂，你今天講話怎麼這麼卑微？明天該不會下起冰雹來著吧？啊？」
「搞什麼。那麼不妙啊。甚至要借助我這種人的力量？」
「唉……」
「嗯，的確。仔細想想，你也幫了我不少次。像前陣子迷宮那件事，我可是很感謝你呢。」
「當然啦，最後的結果並不能算好。可是，那畢竟是因為我們能力不夠啦。」
「噢，別人表現得客氣點馬上就變成這樣啊。居然講得這麼得意忘形。你啊，其實還挺現實的嘛。」
「算了，總之呢。要是什麼事得靠我幫忙，倒是可以聽一下啦。」
「……哦，喔。」
「像你這樣的傢伙，就會被人索命也很正常啦。」
「所以，是誰想要你的命？」
「噢～那可是大人物呢。太屌了吧，是真的嗎？是不是你在亂吹啊？」
「咦？什麼？那傢伙沒什麼了不起？哦，雜碎？真敢說啊。」
「那有什麼問題嗎？」
「……啊～」
「這樣啊。原來那傢伙也是啊。噢……難怪。原來如此，這樣至今發生的事情就說得通了。」

「嗯？問我願不願意幫你？」

「怎麼辦呢……我啊，其實還挺喜歡那傢伙的。」

「……哦，怎麼啦？突然變這麼強硬。」

「你難得這麼拚耶。明明經常說什麼我是什麼都辦不到的垃圾。你就那麼想得救嗎？」

「知道啦。知道啦。我幫你啦。」

「所以，你打算怎麼做？現在到什麼程度我是不清楚，但是那傢伙相當能打喔。」

「你還有計畫啊……伙伴？召集像我這種人？」

「然後呢？嗯嗯，原來如此，再來咧？」

「…………原來如此啊，要是能順利進行就好了。總之，我就盡量試試吧。」

「呼啊……」

說到這裡，男子就趴在桌上，開始陷入深深的熟睡。

聽到這一切的老闆這麼想。這名男子該不會是和非常邪惡的東西訂下了契約吧？他是不是在和眼睛看不到，像是惡魔還是什麼的東西交談？那名惡魔還靠近了在旁偷聽的老闆，在耳邊輕輕低喃「……你聽到了吧」。

「不，怎麼可能。」

老闆想要揮去這種不快的心情，於是他靠近這名男子搖了他的肩膀。

「客人，我們差不多要打烊了，麻煩你別在這邊睡好嗎？」

在搖了幾次之後，男子身子猛然一顫，緩緩地站了起來。

「……嗚？哦。」

剛才為止的高昂情緒瞬間蕩然無存，男子緩慢地挺起身子之後，從口袋掏出了幾枚銅幣放在桌上，接著像醉漢一樣，以搖搖晃晃的步伐走向出入口。

老闆看到眼前景象，心裡想著「簡直就像被操控一樣」，並收下銅幣放進口袋，打算轉頭回到廚房……突然間，他聽到身後男子傳來的聲音，停下腳步。

儘管音量很小，但是卻牢牢地傳進了老闆耳裡。

「真是的，也沒辦法啦。畢竟那傢伙是我的恩人，我是那傢伙的恩人嘛……要是得選擇靠邊站的話，自然會變成這樣。」

並非惡魔的聲音。但是，聲音卻冰冷到不像是個醉漢。

老闆瞬間打了個寒顫，轉頭望去。

然而，出入口卻已經沒有任何人，唯獨掛在門上的鈴鐺發出的清脆響聲，證明了剛才有人曾待在這裡。

國家圖書館出版品預行編目資料

無職轉生：到了異世界就拿出真本事 / 理不尽な孫の手作；陳柏伸譯. -- 初版. -- 臺北市：臺灣角川, 2020.03-
冊；　公分
譯自：無職転生：異世界行ったら本気だす. 17
ISBN 978-957-743-618-4(第17冊：平裝)

861.57　　　　109000705

Kadokawa
Fantastic
Novels

無職轉生～到了異世界就拿出真本事～ 17

（原著名：無職転生～異世界行ったら本気だす～ 17）

2020年3月23日 初版第1刷發行
2024年4月12日 初版第8刷發行

作　者：理不尽な孫の手
插　畫：シロタカ
譯　者：陳柏伸

發 行 人：台灣角川股份有限公司
總　監：呂慧君
總 編 輯：蔡佩芬、朱哲成
設計指導：陳晞叡
印　務：李明修（主任）、張加恩（主任）、張凱棋
發 行 所：台灣角川股份有限公司
地　址：104台北市中山區松江路223號3樓
電　話：（02）2515-3000
傳　真：（02）2515-0033
網　址：www.kadokawa.com.tw
劃撥帳戶：台灣角川股份有限公司
劃撥帳號：19487412
法律顧問：有澤法律事務所
製　版：巨茂科技印刷有限公司
ＩＳＢＮ：978-957-743-618-4
